BY SIMON

Red'Active, Rousset, 2021

ISBN : 978-2-490313-19-8

Céline TILLIER

BY SIMON

Red'Active Editions

« Pour penser la vie d'un homme, il est nécessaire de tracer un plan qui ne se contente pas de partir de sa naissance, mais qui remonte plus haut encore et qui ne s'arrête pas non plus le jour de sa mort, mais qui s'étende au-delà.

La venue d'un homme au monde ne devrait pas se réduire à sa naissance et à sa mort. Il naît dans le grand cercle des gens qui l'englobent et, encore après sa mort, il devrait y avoir quelque chose qui subsiste. »

M/T et l'histoire des merveilles de la forêt

Kenzaburô Ôé

À mon arbre,

Fred

À ma forêt,

Lola, Samuel,

Chantal, Sylvain,

Olivia

Mes jardins d'amour et de souvenirs

PRÉFACE

By Céline

Les commencements ont toujours une saveur particulière d'inconnu et de découverte.

C'est avec curiosité et enthousiasme que nous tournerons les pages de ce premier roman, et nous suivrons les parcours de vie de ses personnages magnifiques ou parfois absurdes, errant de l'extraordinaire à l'ordinaire, entre vie et mort, en quête de liberté, traversant le désert, acceptant de ne pas tout comprendre, à travers les lumières et les ombres et jusqu'aux ténèbres éclairées par les mots et les livres, compagnons de voyage et de vie.

Au fil des pages, musiques, couleurs et odeurs, éléments du décor que traversent les personnages, entre errances et délivrances, dans le petit théâtre de leur existence.

De la poésie, de l'amour, de l'humour et du mystère.

Alors, puisqu'il est question de finitude et de renaissance, à la fin de ce premier roman, nul doute que nous espérerons le début d'un prochain…

Dans mes ténèbres, je garderai ces mots de Céline Tillier : « *Pour ne plus avoir peur, il faut danser, danser dans la nuit, danser toutes les nuits jusqu'à l'ivresse. Il faut lâcher les espoirs, les doutes.* […], *il faut aimer beaucoup, beaucoup, beaucoup. Il faut aimer autant que tu danses* ». Et dans vos ténèbres, quels seront ses/vos mots lumières ?

Laurie Wilbik

Face à la mer, un jour de février 2021

SIMON

Son visage raconte les pays.

Il a les yeux d'un noir profond, une ride au coin de la bouche qui se creuse quand il sourit.

Il est un réconfort, un nid et en même temps un vide.

Son histoire est une blessure, comme une croûte que l'on gratte et qui jamais ne se ferme.

Il est né sur un bateau en provenance de Hongrie, le 12 décembre 1970, une nuit de forte houle.

Fils unique d'Irène et Vladimir. Couple en partance pour un autre pays : l'Argentine.

Enfance heureuse, parents unis. Ils habitent le quartier de La Boca, quartier de bohème où, le soir, les rues s'animent au rythme des boîtes à marins.

C'est un quartier pauvre aux maisons colorées, baigné de tango, imbibé de maté et de dulce de leche (confiture de lait). Il a appris la chaleur des Argentins, la douceur des soirées rieuses…

Il a couru nu-pieds avec ses amigos dans les rues de Buenos Aires jusqu'à l'âge de 14 ans.

SIMON - 14 ans

Puis, le 12 décembre 1984, un mercredi matin, le jour de ses 14 ans, comme un écho, sa vie bascule…

Il revient du collège avec Julian, le sourire aux lèvres, ils discutent de Flavia, Simon aimerait bien l'embrasser, mais n'ose pas !!

Ils parlent devant la porte de la maison bleu pâle de ses parents, font des plans sur la comète, se tapent dans la main et se disent à demain…

Lorsqu'il entre, son père et sa mère l'attendent avec deux valises.

« *On part Simon… Maintenant !* »

Vladimir l'empoigne et, de l'autre main, ferme la porte de la maison et, avec elle, la porte de l'Argentine.

Puis tout va vite, le taxi, la chaleur, les regards, les silences, l'aéroport et cette question : « *Où ?* », il ne cesse de la poser, de la crier…

La douane, la précipitation, la passerelle puis l'avion, ils s'assoient côte à côte, rangée du milieu.

Vladimir s'effondre dans le fauteuil 12 E et s'éponge le front d'un revers de main.

Irène serre son mouchoir, silencieuse, au siège 12 F.

Mais Simon, lui, pose toujours la même question, un mot comme un refrain, une prière : « *Où ?* »

Viendront après les « *Pourquoi ?* » et les « *Comment ?* »

Vladimir se penche vers le siège 12 G et dit : « *Paris* », le silence, les doutes, la peur et en même temps l'aventure, la vie…

Nous sommes le mercredi 12 décembre 1984 et Simon vole vers Paris.

Vol Air France 393… Temps de vol estimé 13 heures 15 minutes.

Alors Simon met son walkman, appuie sur Play et Nena, *99 Luft ballons* lui explose dans les oreilles, il ferme les yeux et se souvient.

Il a 8 ans, il pleut à torrents dans les petites rues de Buenos Aires, il est trempé, mais heureux. Au loin, sa mère lui crie : « *Simon, viens, cours, tu es tout mouillé.* »

Mais Simon, il adore ça, sentir l'odeur de la terre sous la pluie, se sentir lavé et être là au milieu des éléments déchaînés.

Il lève la tête, et il pleure de bonheur.

Il a 10 ans, un soir chaud et humide comme on en connaît souvent en Argentine, il tient la main de sa mère, et son père lui passe la main dans les cheveux, ils marchent tous les trois dans les rues animées du quartier.

Ils sont beaux et dans l'air humide s'échappent des effluves : *York*, l'eau de Cologne *made in* Argentine de son père

Ils vont, comme tous, à la fête nationale des pêcheurs qui a lieu à la Mar Del Plata, la deuxième semaine de janvier.

Au programme : jeux aquatiques, spectacle nautique, feux d'artifice et, son préféré, l'élection de la Reine de la mer !!

Il règne une ambiance légère, joyeuse, Simon aime les Argentins, il est d'ailleurs argentin, l'espagnol est sa langue… c'est son pays.

Il a 12 ans, un soir dans la petite maison bleu pâle, après le repas du soir, autour de la table de la cuisine, il veut savoir pourquoi.

Pourquoi ses parents sont partis de Hongrie ? Pourquoi ils n'en parlent jamais ?

A-t-il des cousins, des cousines, des oncles et des tantes ?

Vladimir et Irène le regardent tendrement... Qu'est-ce qu'ils l'aiment leur fils, il a le regard noir et fougueux de son père et la douceur du sourire de sa mère.

Vladimir pose sa main sur celle d'Irène et se tourne vers Simon, le sourire aux lèvres : « *On est bien ici* », dit-il dans un souffle.

La voix suave de l'hôtesse se répand dans l'avion : « *PNC aux portes, passez sur automatique.* » Le walkman sur les oreilles, il regarde du coin de l'œil ses parents, ils discutent dans un murmure, serrés l'un contre l'autre, comme perdus.

Les voyants s'allument : *Toilettes*, *Exit*.

« *Mesdames et Messieurs nous commençons notre descente sur Paris-Roissy Charles de Gaulle, température 2 °C. Nous espérons que vous avez passé un agréable voyage en notre compagnie. Air France vous remercie.* »

Simon a enlevé son casque, mais ne comprend pas cette nouvelle langue…

Trains d'atterrissage sortis, des ceintures que l'on déclipse, des gens qui se lèvent, des sacs cabine, des odeurs, un stress palpable. Impatiences, frôlements, soupirs.

Simon attend, il ne bouge pas, il attend…

Ses parents se lèvent, Simon ne bouge pas…

Puis une fois que tout le monde est sorti, il s'extirpe doucement de son siège, remet son walkman sur les oreilles : Police *Every breath you take.*

Il n'est ni triste, ni excité, ni heureux, il n'est rien... Il avance doucement dans l'allée, dit au revoir à l'hôtesse qui lui sourit : « *Have a nice trip !* »

« *Have a nice trip* », répète-t-il, « *Oui, c'est ça, c'est un voyage, rien qu'un voyage.* »

Alors qu'il traverse le hall de l'aéroport pour rejoindre ses parents qui, au sous-sol, attendent leurs valises, il se met à sourire, à marcher plus vite, à se laisser aller. Il va découvrir Paris ! Il est jeune Simon, il a 14 ans, il est Argentin, il est Hongrois, il est libre…

Il court presque dans ce grand aéroport bondé, il court dans les dédales des escalators, il frôle les gens, les bouscule.

Frankie goes to Hollywood dans les oreilles, il y croit Simon, au possible.

Soudain, il aperçoit une fille de son âge, un walkman sur les oreilles, qui marche vers lui. Derrière il entrevoit ses parents, Vladimir et Irène, main dans la main, mais sans valise.

La fille le dépasse, reste juste le souffle d'un parfum… *Shalimar* de Guerlain.

Le père de Simon l'empoigne par le bras, le fait pivoter, arrache les écouteurs de son walkman et lui dit comme une évidence : « *Londres* ». Il a juste le temps de regarder le panneau d'affichage : Paris–Londres - Vol 1 480 Air France - départ 21 h porte 7 — arrivée 22 h 15.

Simon ne pense plus, il n'y arrive plus, il sent sur son bras la main de son père, il regarde sa mère, elle a sur le visage ce sourire d'une tendresse infinie : « *Tout va bien, Londres c'est très bien aussi* », lui murmure-t-elle.

Que sont-ils en train de fuir ? Que sont-ils en train de retrouver ?

Simon se laisse porter jusque dans l'avion, comme s'il entrait dans un nuage…

De son siège, il entrevoit d'abord une mèche de cheveux qui s'est échappée d'un chignon, un cou fin et, sur les oreilles, un walkman. Il se souvient, dans le hall de l'aéroport, devant ses parents, c'était elle déjà.

Il se penche et découvre son profil. Il émane d'elle une grâce, ses doigts fins tapotent l'accoudoir au rythme de la musique…

Elle doit avoir son âge, peut-être un peu plus jeune, elle est assise sagement à côté d'un homme d'une quarantaine d'années, son père probablement.

Un bruissement de tissus, elle croise les jambes, alors Simon se prend à rêver, à imaginer… Qui est-elle ? Anglaise, Française ? Va-t-elle retrouver sa mère ou vient-elle juste de la quitter ?

Soudain, elle se retourne sur un bruit, il croise alors son regard d'un bleu pâle et il bascule en Argentine, il revoit sa maison. Cette fille est l'Argentine, l'Argentine est dans ses yeux…

Il ne peut se détacher de son visage, elle est son aide-mémoire, son miroir, ses souvenirs… Il s'y accroche pour pouvoir plonger dans son pays.

Il revoit Julian, torse nu sous la pluie, riant et courant dans les petites rues du quartier de la Boca. Il revoit Flavia qui, traversant la Plaza San Martin, lui dit au revoir de la main avec un immense sourire, il revoit les magnolias géants, il revoit la mer, le port « *el puerto Madero* » et il revoit sa maison…

Mais déjà l'instant s'efface, la fille s'est retournée et c'est fini.

Quatre secondes et l'infini dans son âme…

Il passe la main sur son visage, il ne sait pas où il va, il ne sait pas ce qui l'attend. Il ne connaît pas Londres, ses parents n'en ont jamais parlé. Mais au fond de lui, il sait que sa vie va changer, qu'il sera sans racines, il sait qu'il s'engage vers une course, une fuite et une instabilité constantes. Il regarde ses parents, il ne leur en veut pas. Ils n'ont pas d'autre choix.

Son regard retourne vers cette fille, pourquoi est-il attiré vers elle, il a le sentiment qu'il la connaît, il perçoit dans les lignes de son cou quelque chose de familier...

Doucement, il ferme les yeux et s'endort.

Il fait nuit quand l'avion roule sur le tarmac de l'aéroport d'Heathrow. *Exit* - Bagages. Il fait froid aussi ce 12 décembre 1984, Simon n'est pas habitué. Lui et ses parents portent des pulls, des blousons certainement donnés par une amie, une voisine... Simon avance dans le hall de l'aéroport avec sur le dos un anorak petit, usé et rouge. C'est infernal, cette journée s'allonge à l'infini, le décalage horaire fait que Simon et ses parents vivent dans une temporalité étirée… Ce 12 décembre dure deux jours !

L'aéroport est situé à 32 kilomètres de Londres, mais ça, Simon l'ignore encore, tout comme il ignore où il va dormir, ce qu'il va manger. En revanche, il sait qu'il est sur un continent qu'il ne connaît pas, que les gens, la culture, les looks lui sont nouveaux. Il découvre un lieu où tout le monde se presse, se bouscule, s'ignore, court, ne parle pas, ne regarde rien. Un lieu où tout va vite. Des gens qui ne lui plaisent guère, des gens gris, des gens tristes et sévères… Où sont les couleurs, la musique, l'odeur de la mer et des magnolias ?!

Simon est perdu dans cet aéroport, il s'arrête, lève les yeux vers le ciel qu'il ne voit pas et sent une larme couler sur sa joue…. Au même moment, une main lui touche l'épaule, une voix douce et cristalline, comme un souffle, lui murmure dans un anglais hésitant qu'il comprend à peine : « Are you ok ? »

Il baisse les yeux et la regarde. Ses yeux d'un bleu très pâle le fixent d'un air interrogateur. C'est elle, la fille de l'avion. Plus petite qu'il ne l'imaginait. Et dans son regard, il sent comme un réconfort, une chaleur, un apaisement, sa larme coule le long de son visage et va mourir dans son cou…

– Thank you, I'm fine… now.

– OK ! Bye.

– Your name ?

– Lili ! And you ?

– Simon.

– Bye, Simon !

Un sourire, un mouvement subtil de la main et Lili qui s'éloigne petit à petit.

Note de SIMON

« Si j'avais su qu'en la touchant j'en pleurerais, si j'avais su que sa peau m'aurait si loin transporté, si j'avais su que son odeur me bouleverserait, alors j'aurais plongé dans son corps bien avant de naître, je l'aurais cherchée partout dans les montagnes. Sa peau c'est le cèdre de l'Atlas…

L'attente de la revoir ailleurs, un autre jour, dans une autre vie. Voilà. L'attente commence, longue et douloureuse…

Chaque minute durera des heures, des journées de manque. Dans mon corps, d'abord, ce vide, ce néant dans le ventre, dans la peau, partout, et puis la tête remplie d'elle, de son visage, de ses mains. Le vide et le plein : deux forces en mouvement, tout le temps.

Pas faim, mal au bide, tremblant, perturbé, absent, sur le qui-vive, une espèce de fébrilité permanente qui s'étirera sur des années.

Être là, au milieu des autres, comme spectateur, je savais maintenant que je ne vivrais pas ma vie, pas sans elle.

Alors commencera la quête de la voir dans chaque arbre, chaque rivière.

Errer dans le monde… Errer des heures, seul, comme à l'affût, aux aguets, creuser la terre à mains nues, soulever les pierres de lave, boire la rivière, s'allonger à même la mousse dans les sous-bois pour la ressentir, la goûter, la retrouver. Je serais une bête, un animal blessé et je pleurerai dans le silence de la forêt, sans bruit, sans retenue, seul et nu… »

LUC - 14 ans

Mon père adore la forêt, c'est sa vie, là où il se ressource, là où il respire à pleins poumons, là où il se sent vivant. Nous allions donc, pendant les vacances de Noël et d'hiver, dans une petite station des Pyrénées à Saint-Lary où mes parents avaient acheté un petit terrain au début de leur mariage. Mon père avait construit un chalet tout en bois avec les pins à crochets de la réserve de Néouvielle. Il partait des heures se balader en forêt, lui, le marin, le pêcheur. Il touchait les arbres, leur parlait, les caressait et leur disait merci pour la maison et les bateaux avant de les couper à la tronçonneuse !

Il connaissait chaque arbre, chaque chemin et, tous les après-midi, qu'il neige, qu'il vente, qu'il bruine, qu'il pleuve, qu'il grêle, qu'il gèle… bref, tous les après-midi, il partait le fusil en bandoulière… Eh oui, mon père était, à mon grand regret, un chasseur. Il chassait tout ce qui bougeait et, quand mon père n'avait pas réussi à tuer une biche, un cerf, un lapin, un écureuil, il revenait, l'air bougon, claquait la porte avec ses bottes crottées, jetait son fusil contre le meuble de l'entrée et criait en montant les escaliers : « *Comptez pas sur moi pour manger ce soir et venez pas m'emmerder, j'vais me coucher !* » Ma mère, silencieuse, rangeait le fusil et poussait les bottes sales sous le meuble, puis elle glissait vers la cuisine pour mettre de l'eau à chauffer pour les pâtes.

Le repas fini, elle demandait à ma sœur et moi de monter nous coucher sans faire de bruit : « *Luc et Hélène, surtout ne claquez pas vos portes !! Bonne nuit, mes chéris !* »

Mais un jour, ou plutôt le matin glacé du 24 décembre 1984, nous étions en train de déjeuner, pancakes, sirop d'érable, chocolat chaud et céréales, quand notre père a dévalé les escaliers en chantonnant : « *Aujourd'hui les enfants c'est Noël, et ce soir nous mangerons du gibier !* »

La porte claqua, mon père s'évapora le fusil sous le bras.

Toute la journée, nous avons attendu et espéré que notre père revienne au moins avec une grive. Vers 18 heures, la porte s'est ouverte et notre père est apparu, rouge, essoufflé. Avec un grand sourire, il s'est écrié : « *Venez, venez voir ça ! Venez voir la chasse extraordinaire de votre père !* »

Nous avons enfilé bonnets, gants, bottes, puis nous sommes montés bien sagement dans la voiture. Nous roulions depuis plusieurs kilomètres dans la forêt et il ne disait rien. Nous non plus, d'ailleurs, mais nous sentions qu'il y avait quelque chose d'étrange. Son sourire, son impatience, sa nervosité, tout nous laissait entrevoir une profonde joie intérieure... Au milieu d'un chemin, il a arrêté le moteur, il est sorti du 4X4, il a ouvert toutes les portières, et nous a crié : « *Venez, venez, suivez-moi !* » Mais déjà nous ne l'entendions plus. Il courait, gesticulait, chantait à tue-tête. Alors, nous sommes sortis à notre tour, nous avons couru dans la neige pour le rattraper et là, au milieu de la clairière sur une poudre de neige, six rennes magnifiques... mais morts ! Et notre père qui sautait partout, riait de bonheur et de fierté !

Le pauvre, il ne s'était aperçu de rien, il n'avait rien vu, rien remarqué. Ma mère, ma sœur et moi étions totalement figés, pétrifiés, éberlués, hébétés par la situation. Imaginez six bêtes de 180 kilos allongées sur la neige et mon père debout au milieu...

C'est moi qui me suis avancé le premier : « *Papa... papa... c'est vraiment super... on est super contents pour toi… vraiment… mais…* » Je ne savais plus quoi dire, je me retournais vers ma mère et ma sœur qui, du regard, m'encourageaient à continuer…

Mon père était immobile, suspendu, à l'arrêt, il me fixait, les yeux écarquillés.

J'avais 14 ans et j'allais devoir dire à mon père… Putain c'est pas vrai !! Il ne voyait rien !!…

« *Papa… papa… regarde-les… regarde autour de leur cou, regarde sur leur tête… Papa regarde…* »

Mon père n'a pas compris tout de suite, il a fait le tour des animaux étendus… Puis la panique s'est installée sur son visage, il s'est frotté le front… Il venait de remarquer les rubans rouges autour de leurs cous, les clochettes sur leurs têtes… Il compta les rennes et comprit enfin : « *Merde !!!! J'crois que j'ai tué les rennes du père Noël…* »

Des larmes se mirent à couler sur son visage, ma mère s'est avancée vers lui :

— Michel, mais qu'est-ce que tu as fait ?

Il s'est jeté dans ses bras, lui, le gaillard.

— Ben, je sais pas, j'étais là dans la forêt, et tout à coup, je les ai vus, magnifiques, paisibles…

– Mais papa, t'as pas vu les clochettes, les bonnets ?

– Ben non, j'ai tiré le plus vite que j'ai pu… Qu'est-ce que j'ai fait ? Qu'est-ce que j'ai fait ?

– Ben, tu les as tués ! Voilà ce que tu as fait, cria ma sœur. Arrête avec la chasse, papa ! T'es un pêcheur, tu comprends ça ?

Ma sœur, Hélène, 16 ans, était en train de gronder mon père, comme on gronderait un gamin de cinq ans qui aurait écrit au feutre indélébile sur le mur blanc du salon !

– Arrête Hélène s'il te plaît.

Ma mère est la douceur incarnée, elle nous comprend, nous protège, nous cajole tous… Ma mère qui serre son mari dans ses bras comme un enfant, qui lui pardonne déjà d'avoir fait un massacre… Ma mère.

Finalement pour le soir de Noël, ben on a mis de l'eau à chauffer pour les pâtes, mon père est parti se coucher. Il n'a réapparu que le lendemain matin, les yeux bouffis. Sans un mot, il est parti au commissariat. Comme cadeau de Noël, il s'est vu retirer son permis de chasse et a écopé d'une amende assez salée !!

LUC - 16 ans

Une fois, mon père a voulu faire une surprise à ma mère.

– Où est-ce qu'on va ? Pourquoi on tourne ?

Ma mère n'arrêtait pas de poser des questions.

– Où est-ce qu'on va ?

– Mais on peut pas te le dire, c'est une surprise, tu comprends ? lui criait mon père légèrement énervé.

– Mais où c'est qu'on va manger ?

Je ne disais rien, mais je voyais très bien de la banquette arrière de la 2CV que mon père s'agrippait au volant. Mais quand même il commençait à faire faim !!

On était partis vers 9 heures par un matin ensoleillé. Tout avait bien commencé, mais ça faisait plus de 5 heures que nous roulions et des nuages commençaient à dangereusement recouvrir le ciel.

– Mais où est-ce qu'on va… ?

J'entendis pas bien la suite, car mon père avait décidé de décapoter. J'avais le vent dans les cheveux, les cheveux dans la bouche et devant les yeux.

Mon père ne disait plus rien, il conduisait.

Une surprise… Mon père voulait faire une belle surprise à ma mère pour leurs 25 ans de mariage… Il m'en avait parlé, j'étais tenu au secret ! Moi j'avais des doutes, mais je ne lui avais rien dit. En fait j'avais pas osé, il avait l'air si content…

Alors que nous roulions sur des routes de campagne depuis des heures, des gouttes commencèrent à mouiller nos têtes et nos avant-bras.

– Mais où est-ce que l'on va se mettre ?

Ma mère avait posé sa main sur sa tête en guise de parapluie. Adieu la permanente ! Mon père, les yeux plissés, tentait de mettre les essuie-glaces !

– Putain ! Pourquoi ils ne marchent plus les essuie-glaces ? me cria-t-il.

– Quoi ? j'avais pas bien entendu avec la pluie.

– Quoi ? répondit ma mère comme un écho.

– Faut fermer la capote ! Faut fermer la capote, criait-il !

– Quoi ?!

Tout à coup, ma mère décrocha sa ceinture, se retourna, et commença à escalader son siège. Sa jupe se souleva ce qui lui fit un joli petit parachute. Elle retomba sur la banquette arrière, mais les fesses en l'air et la tête en bas. Elle s'accrocha à mon bras, et se releva tant bien que mal en me souriant :

– Tout va bien chéri, je crois que ton père veut que l'on ferme la capote.

Malgré ses cheveux mouillés, plaqués sur les tempes et son mascara dégoulinant, ma mère avait gardé toute sa beauté !

– Où c'est qu'on la met la capote ? Elle est où la capote ? me criait-elle à cinq centimètres du visage !!

– Quoi ? dit mon père en se retournant.

– Non rien, Michel, je parle à Luc. La capote, Luc, elle est où ?

– Putain, mais vous faites quoi derrière ? Mettez la capote, bordel !

Mon père s'impatientait !

Heureusement que je m'entrainais à mettre la capote depuis des mois. C'était ma nouvelle activité du dimanche. Je me chronométrais, je réessayais. Bref j'étais devenu imbattable à la pose de capote.

J'avais entendu des potes au lycée en parler, ils se vantaient de pouvoir mettre une capote dans le noir en moins de 20 secondes. Cela me paraissait impossible. Moi, mon meilleur temps, c'était 5 minutes 32 et encore, quand la 2 CV était dans le garage éclairé. Dans le noir, je frôlais les 10 minutes.

– C'est où qu'on a m….

– Maman, arrête de poser des questions tout le temps !

– Oui, mais c'est où qu'on…

– T'inquiète je m'en occupe !

Trop fier de pouvoir montrer à ma mère, et surtout à mon père, ma maitrise de la capote, je me retournai vers l'arrière de la voiture, me penchai dangereusement, mais, à cause de la pluie, je me mis à glisser sur le Skaï. J'arrivai à me rattraper en tirant sur la toile, sans toutefois parvenir à l'ouvrir. Elle était coincée ! Ma mère était venue m'aider, mais à force de tirer, tirer, la capote commença à se déchirer. Ma mère et moi, on a basculé et on s'est cognés au fauteuil de mon père qui, lui, s'est cogné le visage sur le volant. Et là, tout a dérapé, tout a foutu le camp très vite, la route, la voiture, ma mère.

Nous nous sommes retrouvés dans les bois, éparpillés. Morts ?

– Où est-ce qu'on est ?

Ah non, ma mère était vivante !

– Ta gueule, Mireille !

Ah, mon père aussi.

Je crois que depuis mes 16 ans, mon père a arrêté d'acheter des voitures décapotables et surtout d'acheter Citroën. Maintenant, il ne jure que par la *Kangoo* de Renault ! Et puis, pour les anniversaires de mariage, il n'y a plus eu de surprise ! Juste un bon repas au restaurant « La bonne auberge » à 300 mètres de chez nous, comme ça on pouvait y aller à pied ! « *C'est bon pour la digestion* », dixit mon père !

SIMON - 25 ans

La tête dans le sable, le sang qui coule, épais et rouge, le long de sa tempe, dans ses yeux et dans sa bouche. La chaleur qui cogne et l'assourdit, la lumière devenue noire.

Simon est là, dans le désert de Gobi, allongé, vautré, tombé par terre, le crâne abîmé.

La chaleur, les insectes qui viennent comme des mouches sur les éléphants morts, et puis le silence, le vent qui soulève une mèche de ses cheveux et qui sèche petit à petit son sang.

Il a les yeux ouverts, sa tête repose sur le côté dans le sable brûlant. Il a les yeux ouverts, mais il ne voit rien…

Le désert de Gobi, surface 3 000 kilomètres carrés, la Mongolie. Simon est un point, une tache minuscule qui meurt... Et Simon sait que bientôt il fera nuit, Simon sait que bientôt il aura froid, Simon sait qu'il va mourir.

Il connaît les steppes mongoles, il connaît les nomades, leurs coutumes, cela fait trois ans qu'il les accompagne au gré de leurs déplacements avec leurs yacks, leurs chameaux. Il a dormi dans les yourtes, il a mangé la graisse de yack et les boyaux de porc, il a bu le lait fermenté, il a dansé les danses (*tsam*) chamaniques pour exorciser le mauvais sort, il a lui aussi posé des petites pierres sur les *oboos*, afin de rendre hommage aux dieux.

Il a dit *bayarlalaa* (merci) des milliers de fois à Narantsetseg, la femme du chef du village, quand elle lui apportait un bol de farine au lait fermenté, le soir devant la yourte après une journée à dos de chameau.

Elle avait ce regard rieur avec ses yeux plissés, et sa peau était tannée comme le vieux cuir, elle avait cette pureté et ce sourire d'une infinie douceur… Le même que la mère de Simon, Irène.

Simon s'endort, perd connaissance, il n'entend pas les mots prononcés pour le réveiller, il ne sent pas son corps se soulever et retomber comme un sac de farine sur le dos d'un yack.

Note de SIMON

« *J'ai parcouru des plages de sable fin,*

Fin du voyage pour moi,

Moi qui ai tant espéré cette vie,

Vie merveilleuse et pleine,

Pleine lune de mon âme,

Âme sœur, montre-moi le chemin,

Chemin sinueux et vaste,

Vaste programme que mon âme vagabonde. »

Note de SIMON

« Je ne voudrais pas crever sans savoir si tu seras toujours à mes côtés.

Je ne voudrais pas crever sans avoir vécu, un peu.

Je ne voudrais pas crever sans avoir regardé ton visage une dernière fois.

Je ne voudrais pas crever avant d'avoir usé ma vie.

Je ne voudrais pas crever avant d'avoir goûté au noyau de la Terre. »

LUC - 25 ans

14 juillet.

Putain j'suis bien, j'suis OK, j'ai mis mon *Axe Tentation*, je porte ma chemise fétiche, la grise un peu satinée. Cheveux gominés, dents brossées, chewing-gum « menthe glaciale » dans la poche. Je marche tranquille dans la rue principale qui descend sur la place. Je vais au bal ! J'entends déjà la musique, les rires, les éclats de voix et l'odeur des merguez qui monte jusqu'à moi.

Putain j'suis bien, je vérifie mes poches : clopes, briquet, billets et monnaie. C'est pour ce soir ! C'est sûr, c'est ce soir que je vais l'emballer. D'abord une p'tite danse, une p'tite bière, une clope et hop je lui effleure la main avec mon briquet. Je lui fais le regard yeux dans les yeux, une main dans les cheveux puis rapprochement, lèvres, langues…

Lorsque j'arrive sur la place, je suis confiant. J'aperçois Julien et Matthieu déjà au bar. Un p'tit salut de la main, un « *Ouais, j'arrive !* » genre débordé. Sur la piste, ça danse, ça tourne, ça rit. Sur l'estrade ça envoie de la batterie et de la guitare solo. Les lampions tanguent avec le vent tels une boule à façettes, et les parfums se mélangent à l'odeur du barbecue géant.

Je me balance au rythme de la musique, léger déhanché pour l'effet… au cas où elle me regarderait… Mains dans les poches, sourire décontracté, j'avance… Et soudain je l'aperçois : elle traverse tant bien que mal la piste avec une assiette en carton dans chaque main. Je lui fais coucou et lui explique, avec des gestes, que j'arrive pour l'aider. Elle me regarde et me sourit. C'est bon signe ! Vas-y mon gars, elle n'arrête pas de te mater… J'avance, pas trop vite, l'air toujours décontracté grâce au p'tit déhanché ! Je me fraie un passage au milieu des danseurs : « *Salut ! Ça va ?* » Une tape sur l'épaule en passant pour montrer que j'ai plein d'amis…

Plus que quelques pas… on me bouscule, je me retourne un peu énervé… Wouah ! une superbe poupée en robe à fleurs me regarde avec des yeux verts tout ronds : « *Oh, excuse-moi !* », me dit-elle en me touchant l'épaule. « *Y a pas de mal* », je lui réponds en lui caressant le bras.

Elle me dépasse et son parfum à la rose m'emporte… Je mate un peu ses fesses qui dansent sous le tissu fleuri et mon jean gonfle tout à coup !! Oh, eh mec ! Reprends-toi !

Je lève les yeux vers Patricia et ses deux assiettes… Putain, j'y crois pas ! La jolie blonde s'approche d'elle et lui en prend une délicatement. Elles sont copines ! Quelle chance ! Cette soirée commence bien et elle va être magnifique ! Le ciel est étoilé et il y a plein de filles à aimer ! Je lève mon bras, sens mon aisselle, dernière vérification de l'odeur corporelle avant le rapprochement. Nickel, *Axe tentation* est toujours là !! Au moment du fameux : « *Bonsoir, les filles* ! », je vois leurs bouches se rapprocher et leurs langues se mélanger !! J'y crois pas, Patricia et la robe fleurie se roulent une galoche sous mes yeux !!

Le solo de batterie me perce les tympans, et puis tous ces gens qui dansent autour de moi m'oppressent tout à coup, j'étouffe… l'odeur des saucisses m'écœure. Ma chemise satinée a viré au mauve sous les projecteurs ! J'ai la gomina qui durcit, « effet carton » garanti !! Et tous ces lampions qui bougent tout le temps, ça donne la gerbe à force. Et voilà que le groupe Los Terros chante du Jean Ferrat !! Je crois que je vais me casser… Mais… je sens une main sur ma fesse droite, une main baladeuse… Ah ! Ah ! … la soirée n'est peut-être pas terminée, une ouverture se profile ! Sans me retourner, je prends cette main et la place délicatement sur ma braguette. Je sens un corps qui se colle derrière mon dos, je sens les effluves de *Axe Provocation* et le souffle d'une voix rauque, celle de Thierry qui me dit à l'oreille : « *Salut, Luc…* » Sa main danse sur mon jean.

SIMON - 28 ans

« *Où es-tu Simon ? Simon est-ce que tu m'entends ?*

Où es-tu Simon ? Ça fait si longtemps... J'entends le son de ta voix, j'ai le goût de ta peau, mais j'ai perdu ton visage Simon... je l'ai perdu un matin de décembre, il a disparu lentement comme un nuage... J'ai essayé de dessiner ton contour sur la vitre embuée, mais je n'ai pas pu Simon... Je n'ai pas pu... J'ai pleuré de t'avoir perdu...

Il y a si longtemps...

Regarde-moi et je te verrai... S'il te plaît, regarde-moi de là où tu es... Ça y est !! Je vois ta ride au coin de ta bouche quand tu souris... parce que tu as souri Simon, je le sens, et tu souris encore ! »

Voilà ce que Simon espère... Que Lili essaye de se souvenir de lui par tous les moyens, par tous les états... parce que lui, il l'oublie. Non ! Il ne l'oublie pas, elle s'efface juste... Elle disparaît lentement... comme une empreinte sur le sable que l'eau vient couvrir... Et ça le met en colère de la voir partir, ça le rend fou.

Il se lève, renverse le tabouret d'un coup de pied, balance les bouquins de la table basse.

Il a envie de hurler, il tourne comme un lion en cage.

Simon crie, un cri de puissant, de géant… Il ne se supporte plus, se griffe, se lacère les bras, et le sang coule lentement sur le parquet vieilli…

Il veut crever, il veut vivre.

Il veut la revoir !! Voilà, la revoir juste une minute pour se souvenir d'elle pendant encore dix ans… Se re-remplir d'elle… Se gonfler d'elle comme la fleur flétrie que l'on arrose et qui soudain renaît, comme la terre qui boit l'eau après la pluie…

Alors, comme un miracle, comme un mirage, sur le parquet, son sang forme les contours de son visage… Lili… il la voit enfin… Des traits fins comme un soupir, une silhouette comme un dessin. Il s'allonge à côté d'elle, de son contour sur le parquet, et de ses doigts tremblants il caresse le bois noueux, il caresse son visage et sa larme tombe sur le coin de sa bouche…

Lentement, il s'endort, allégé, heureux.

Mais dans le ventre un vide immense, un trou béant parce que déjà la silhouette s'efface et la douleur revient par spasmes… Ce manque qu'il connaît si bien.

SIMON - 38 ans

« *Tiens, on dirait des flocons de neige.* » Ses yeux regardent le ciel du désert saharien, les grains de sable dansent dans l'air avant de toucher sa peau.

– Allez viens, reste pas ici, tu vas crever sinon.

– Avance, je te rejoins.

– Non, tu viens maintenant.

Bwerani tend la main à Simon, le tissu bleu qui entoure son poignet se soulève sous le vent et sa peau mate et desséchée apparaît.

– OK.

Leurs mains se rencontrent, Bwerani l'attire vers lui, vers ses yeux bleus, et sa peau comme un lézard se ride, se froisse tendrement.

Simon le serre dans ses bras

– Merci.

– De rien, mon frère.

Le vent tourbillonne et des grains de sable brûlants leur giflent le visage. Ils se blottissent l'un contre l'autre, ils attendent… Simon entend sa respiration saccadée, sent sa transpiration aux effluves de sel et de chameau…

Bwerani, son ami retrouvé.

Le silence revient, tout se pose, les bras s'écartent, les sourires se croisent.

– Allez viens, je te ramène à la maison, lui murmure Bwerani.

Le visage couvert d'un sarouel, ils marchent l'un à côté de l'autre, légèrement courbés pour se protéger du sable. De sa main droite, Simon tient fermement une corde, elle lui entaille la peau, mais elle le relie à son chameau. Le pas lent de l'animal le rassure.

Et Simon voit au loin l'oasis, le mirage, le repos et le refuge… Son chameau reconnaît l'endroit et commence à accélérer le pas !! Il entend presque l'eau couler dans les canalisations en bois suspendues, il sent la terre humide, la terre nourrie, hydratée pour donner du manioc et d'autres racines qui, une fois cuites au feu de bois, deviennent des délices, des bonbons sucrés qui fondent sous la langue…

Simon ressent déjà la fraîcheur de l'ombre apportée par les palmiers gigantesques chargés de dattes mûres à point… Son pas s'accélère, il se retourne et sourit à son chameau : « *Tu vois y'a pas que toi qui a reconnu la maison !* »

Bwerani commence à chanter pour signaler leur arrivée au village. Un chant aigu et profond, rempli de fluctuations de langue. Il se retourne, prend la main de Simon et en la levant au ciel, se met à crier : « *Simooooon ! Simooooooon !* », et Simon le rejoint : « *Bweeeeeeeerani ! Bweeeeeeeerani !* » Ils sont si heureux de s'être retrouvés, d'être arrivés.

Et soudain, au moment où son regard se pose sur l'oasis, Simon aperçoit un sarouel qui vole au vent, un sarouel d'un rouge écarlate… C'est Baatuli qui leur fait coucou !! Simon entend presque ses colliers de noix peintes qui s'entrechoquent et reconnaît déjà l'odeur de ses cheveux noirs qui embaument le santal. Baatuli et ses mains si fines, si douces quand elle trait les chamelles…

Simon attache son chameau et s'avance vers les maisons en toile, les femmes chantent et tapent des mains. Partout des odeurs d'épices, de ragoûts qui mijotent sur des feux de bois. Partout le bêlement des moutons, le blatèrement des chameaux, et puis tous ces visages au regard noir et ces sourires éclatants. Simon s'écrie : « *Mes amis, me revoilà !!!* »

Baatuli est la première à venir vers lui :

– Bonjour, Simon, sois le bienvenu !

– Merci, Baatuli, j'espère que ta famille va bien.

– Inchallah tout va bien… Viens et toi aussi Bwerani mon frère, je suis contente de te revoir. Allez, venez-vous reposer et manger.

Au bord du cours d'eau dansent les fleurs d'oranger et leur parfum embaume tout le désert… Que Simon aime cet endroit, fragile équilibre entre sable à perte de vue et l'eau qui ruisselle grâce à des canaux, comme le sang qui coule dans nos veines.

Ils sont tous réunis autour du feu, le soleil se couche sur le Sahara. C'est l'extase, le rêve à l'état pur… Tout devient orangé, les bêtes se calment et l'air se rafraîchit… Une pause pour la nuit, car demain ça recommence !!! Sur les braises, de fines brochettes de moutons grillent doucement.

Radari, le chef du village, chante des poèmes sur l'amour, le voyage, la nature, il est accompagné au *imzad* par les femmes du village. Une jeune fille qui joue de *l'imzad* est très prisée des hommes touareg. Une calebasse, une peau tendue avec deux trous comme deux ouïes, le tout traversé par un manche en bois et voilà le plus beau des bijoux ! Assis en tailleur, Simon se balance au son de cette guitare nomade, comme une danse, comme une transe méditative. Il les regarde et il sourit. Bwerani le sort de cette béatitude en lui serrant doucement le bras : « *Demain, on part vers le sud, vers une autre oasis. Il nous faut trois jours de marche. Tu vas voir, c'est une grande fête. Tu viens avec nous ?* »

« *Bien sûr !!* », son envie a dépassé sa raison.

Simon s'allonge dans le sable, les yeux vers les étoiles, ce ciel si pur, si noir, si... Il est bien, étendu, ses mains caressent les grains de sable encore chauds, l'odeur de la viande grillée lui arrive aux narines et, devant lui, un sourire merveilleux : Baatuli ! Son visage apparaît au milieu du ciel étoilé, les petites noix colorées de son collier dansent, se balancent dans le vide et frôlent son menton.

— Simon ? Ça va ? Tu as faim ? Tiens.

– Merci Baatuli.

Simon se relève, caresse sa main en attrapant la calebasse.

– Baatuli ?

– Oui ?

– Non, rien.

Et Baatuli s'en va en dansant autour du feu de bois. Petite plume légère qui se soulève avec le vent. Baatuli, ce nom qui s'étire, ces deux « a » comme un souffle qui s'échappe...

Baatuli... Baatuli...

Ce soir Simon va dormir dehors, ce soir il va vivre la nuit, ce soir il va se laisser aller à rêver... Baatuli.

Il regarde son poignet et ses doigts massent son tatouage. Cette spirale dessinée il y a si longtemps. Cette spirale de vie, cette spirale infernale de vie... Cette spirale de l'infini, ce retour, ce mouvement permanent du renoncement et du recommencement. Cet opercule dessiné à l'encre indélébile, si fin, comme un trait invisible. Pour elle. Elle qu'il n'a pas vue depuis si longtemps. Elle qu'il désespère de retrouver un jour : Lili...

Allez, demain Simon part, il repart, il recommence, il démarre, il décolle, il s'envole, il lève le camp pour trois jours de marche lente. Demain, il se rapproche…

Le feu s'est presque éteint, Simon est seul, ils sont tous partis se coucher dans leurs tentes, leurs maisons de liberté. Ce soir Simon veille : « *Dormez mes amis, Simon est là !* »

Il se lève, s'enroule dans un tissu, rallume le feu et danse en chantant : « *ouagamadi guéna !! ferani dialé mnga… Dialo kateri, sulima napuri…* » Des mots venus des dieux, des mots volés aux astres, aux ancêtres… Il est une gazelle courant dans une plaine désertique, ses sabots claquent le sol, sa peau tendue sur ses muscles gonflés. La vitesse le grise, ses narines s'écartent et l'air entre par vagues. Il court, il est léger, l'espace lui appartient, il n'a ni limites, ni barrières…

Il est une gazelle qui s'envole : « *Raulida fraruli ! w'négandé oudirano…* » Il plane au-dessus des nuages et voit des troupeaux de zébus, des dunes qui, comme les vagues, bougent avec le vent, il voit des oasis comme des émeraudes posées sur une peau dorée. Il est un aigle maintenant.

Essoufflé, il tombe par terre, il transpire, ce délire l'a réveillé : « *Dormez mes amis, je veille, je suis l'aigle, je suis la gazelle…* » Demain il partira, il les accompagnera avec joie et sérénité, car il sait que chaque pas le rapproche d'Elle. Il se lève d'un bond, son tissu glisse sur le sol : « *J'arrive ! Tu m'entends, j'arrive !!* » Le poing levé, le sourire aux lèvres, debout dans la nuit, il crie puis tombe dans le sable encore tiède.

Seuls les chameaux lui répondent…

Imaginez un silence juste bercé par le vent… Il pleut ? Non, il pleure de bonheur : « *Putain que j'aime cet endroit, que j'aime être vivant. Je ne vais plus quitter cette nuit, je vais rester dans cette nuit-là à tout jamais, je vais vivre éternellement dans cet instant.* »

On le caresse, on le lèche, on le…. Une odeur fétide… Simon ouvre les yeux et voit une gazelle. Elle est là près de lui, tout près, elle lui lèche le visage, ses larmes qui n'ont pas arrêté de couler doivent la désaltérer… Ses yeux noirs délicats le regardent : « *Bonjour, comment t'appelles-tu ?* »

Sa tête s'incline doucement et sa petite langue rose s'immobilise…

« *Que fais-tu ? D'où viens-tu ? Où est ton troupeau ?* » Ses oreilles frétillent.

Simon entend un bruit, un craquement qui vient des tentes, il tourne le regard et aperçoit Bwerani avec son arc qui avance tel un aigle. Il vise, tend l'arc. Simon regarde la gazelle, regarde Bwerani, regarde à nouveau la gazelle :

« *Cours, cours !* », lui ordonne-t-il.

Elle ne bouge pas, ses yeux noirs le fixent, on dirait qu'elle sourit.

« *Cours, cours !* »

Un sifflement traverse le silence et le vent. Comme une étoile filante, la flèche vient se planter dans son cou. Un léger sursaut, elle s'effondre sur Simon, son souffle encore chaud lui caresse le visage et il sent le sang couler comme un petit ruisseau entre ses jambes. Ses oreilles ne frétillent plus, elle dort, ses yeux noirs se ferment à jamais.

Mais les yeux de Simon, eux, restent ouverts sur la beauté de cette gazelle morte dans la nuit.

Il entend les pas de Bwerani qui court dans le sable.

– T'as vu je l'ai eue en un seul coup !!

Il est heureux, fier, son ami…

– Oui, tu es fort Bwerani, tu es un bon guerrier ! Tu es bon à marier !!

Ses mots tremblent, son sourire est forcé.

– Mais toi, pourquoi tu l'as pas tuée, t'avais pas ton couteau ? On vendra la peau au marché de Makilé. Elle est jeune, on en tirera un bon prix, dit-il en retirant sa flèche d'un coup sec, on va faire sécher la viande. Quelle belle nuit, tu as vu Simon ?

– Oui, c'est une nuit magnifique.

Il pousse la gazelle, et caresse son pelage pour la première et dernière fois, en se levant il lui murmure : « *Je ne pouvais rien faire et toi tu n'as pas compris… pardon.* »

– Qu'est-ce que tu dis ?

– Non rien Bwerani.

– Simon, regarde-moi, tu pleures ?

– Non.

– Pourquoi Simon, pourquoi tu pleures ?

– Je pleure parce que… je suis heureux Bwerani…

– Eh oui ! Demain nous partons, nous allons marcher ensemble. C'est ça la vie Simon, nous allons marcher avec la communauté, les chameaux et tout notre campement, nous allons retrouver nos frères pour une belle fête. Et en plus, les dieux nous ont fait un beau cadeau Simon, ils nous ont offert cette gazelle, c'est un bon présage…

– Oui, tu as raison, je vais t'aider à la dépecer et tu pourras vendre la peau un très bon prix. Simon se frotte le visage et s'étire.

– La peau, elle est pour toi, garde-la pour les nuits fraîches, garde-la pour t'envelopper dedans les soirs d'hiver dans ton appartement, garde-la pour rêver, pour galoper dans les plaines, pour te souvenir, pour ne pas oublier ton ami quand tu repartiras…

– Tu m'apprendras Bwerani ?

– Oui mon frère, je t'apprendrai à être un bon chasseur, lui dit-il en le prenant par l'épaule.

– Non pas un chasseur, mais m'apprendre à ne plus avoir peur, m'apprendre à rire. J'ai tout oublié.

Ils marchent bras dessus bras dessous dans le désert…

– Mais Simon, pour ne plus avoir peur il faut danser, danser dans la nuit, danser toutes les nuits jusqu'à l'ivresse. Il faut lâcher les espoirs, les doutes. Il faut danser et chasser, Simon, pour être heureux. Et il faut aimer aussi Simon, il faut aimer beaucoup, beaucoup, beaucoup. Il faut aimer autant que tu danses.

Alors Simon s'évade, il s'élance dans le désert et il tourne les bras en l'air et il court et il saute…

– Oui Simon, danse, danse, allez danse ! Bwerani chante et tape des mains… Danse mon ami, oublie tes chagrins, danse dans ta vie…

– Je t'aime, Bwerani, tu es mon ami, crie Simon à tue-tête.

Tout à coup, Bwerani court, le serre dans ses bras, le fixe et hurle dans la nuit : « *Voici l'homme qui danse !* »

LUC - 38 ans

Il est 11 heures 30.

Si cette fourmi arrive à porter ce morceau de chips jusqu'à cette feuille, alors ce soir, je sors.

Je me penche légèrement en avant et le pneu-balançoire sur lequel je suis assis bascule. Mon corps se retrouve en déséquilibre, mes mains s'appuient sur l'herbe pour ne pas tomber. Bref, j'ai le cul en l'air sur un pneu dont la corde est fixée à la branche d'un châtaignier centenaire planté au fond du jardin de mes parents. Le pneu de la 2 CV de mon père, fidèle compagnon de mon enfance.

La fourmi avance, avance… Plus que quelques centimètres… des kilomètres pour elle… La pauvre, toute cette immensité, c'est sa traversée du désert. Peut-être qu'elle a une amie qui va venir l'aider…

Mon père a tondu la pelouse ce matin… Que j'aime cette odeur ! Mes pieds sont mouillés par la rosée de cette belle matinée d'avril. Sans descendre de ma balançoire de fortune, je récupère ma tasse de café posée dans l'herbe et je mets mon autre main sur le tronc de mon arbre ! Oui, c'est mon arbre, cela fait des années que je le caresse, lui parle, c'est mon refuge, mes racines, mon point d'ancrage, mon énergie.

L'odeur de l'herbe coupée et des fleurs de châtaignier me renvoie à mon enfance.

J'ai 5 ans, c'est le matin, il est 8 heures, je suis en pyjama, je viens juste de finir mon chocolat chaud, j'ai de belles moustaches lactées et l'odeur du café emplit la cuisine. Je cours pieds nus dans le jardin, ma main caresse les herbes hautes, je cours vers mon arbre. Il est majestueux, il est immense mon arbre, et je cours, je cours vers l'éternité.

Arrivé à son pied, je l'enlace, le respire, l'embrasse, le caresse. Mes bras ne peuvent pas en faire le tour tellement il est gros. Je me plaque contre lui. Et si j'entrais dans son tronc, juste pour voir ce qu'il a dans le ventre. Pour rencontrer son âme.

Me voilà à l'intérieur, c'est sombre, c'est calme. Je lève les bras et ils deviennent des branches qui poussent, montent, se multiplient. Mes doigts grandissent, des feuilles poussent au bout de mes ongles ! Je suis géant, je m'étire et je ris à gorge déployée, je ris haut et fort pour me libérer. Mes pieds deviennent des racines qui plongent dans la terre pour me nourrir.

D'un seul coup, je sors du tronc et retombe sur l'herbe. Enfin non, ce n'est pas vraiment de l'herbe, mais c'est plutôt comme si je retombais sur une épaisse couche de mousse. Je rebondis, je suis tout mou…

Et si je me laissais aller pour ne pas oublier que je suis vivant… Je suis allongé sous mon arbre et les rayons du soleil passent à travers les feuilles et les branches. C'est joli… Je les sens, ils me réchauffent la peau, ils me caressent le visage. Tout à coup, les rayons deviennent un fluide qui m'enveloppe et me soulève légèrement du sol. C'est tiède, c'est bleu, c'est sécurisant.

Et si je restais là dans ce cocon, comme dans le ventre de ma mère. Sa chaleur, son odeur. Je ferme les yeux…

J'ai 7 mois, je suis en elle, dans son corps, le battement de son cœur est le mien. Elle me parle doucement, souvent, elle me caresse en posant ses mains sur sa peau et m'explique la vie. « *Pour ne pas oublier* », dit-elle.

Je n'ai rien oublié maman, rassure-toi ! Je n'ai rien oublié !

Je me balance sur mon vieux pneu, mes jambes aujourd'hui touchent le sol, la corde élimée s'émiette un peu et grince dans le caoutchouc craquelé, il faudrait la remplacer pour ceux qui viendront après…

« *Et si je te donne ce carnet, est-ce que tu le liras ?* »

Ce matin, ma mère m'avait tendu un carnet rose à spirales avec les coins abîmés, légèrement relevés et pliés. Un carnet pas très grand, mais très épais. Elle me l'avait donné il y a deux heures, juste après le petit-déjeuner.

On buvait un café sur la terrasse, les oiseaux, les fleurs et le silence bienveillant de ma mère. Elle s'était levée et s'était dirigée vers la cuisine en sautillant.

– Maman reviens ! Y'a tout sur la table, reste avec moi ! On est bien ! Tu vas où ?

– Attends, je reviens, il faut que je te le donne avant d'oublier, avait-elle crié de la maison…

Et me voilà seul, assis sur ma balançoire au fond du jardin avec son carnet dans les mains. Je le regarde, le serre, le renifle, l'embrasse. Il sent la colle *Cléopâtre* et *Shalimar* de Guerlain.

Et si je ne l'ouvrais pas ! Et si je le gardais pour quand elle sera plus là ? Je le lirais alors pour la retrouver ! Et si je l'apprenais par cœur pour ne jamais oublier…

Elle était revenue, les mains serrant son histoire contre elle. Elle s'était assise et avait déposé délicatement le carnet sur la table. Sa main nonchalamment posée sur la couverture rose, elle m'avait dit :

– Voilà, c'est ça que je voulais te donner.

Elle l'avait poussé vers moi, la main toujours dessus…

– C'est quoi ?

– C'est toi.

– Quoi ?

– C'est ton journal de vie. J'ai écrit depuis ta naissance jusqu'à aujourd'hui…

Je ne sais que faire, je le garde, je l'ouvre ? Est-ce que j'ai envie aujourd'hui de lire mon passé ? Ma vie n'est pas finie… J'ai l'impression que c'est un testament, le mien, alors que je suis vivant. Et si ses souvenirs ne collaient pas avec les miens ? Et si je découvrais des choses que je n'ai pas envie de savoir ? Et si ses mots cassaient mes rêves ?

Je me balance en poussant avec mes pieds, le vent s'engouffre doucement dans mes cheveux, je regarde la maison, le jardin, ma mère qui s'est assoupie dans la chaise longue. J'entrouvre le carnet au hasard. J'aperçois des dessins, des phrases : « *Tu as bien mangé ce soir, et la fièvre est tombée. Hier soir, au moment de se dire bonne nuit, tu m'as chuchoté : "Maman, c'est flou (!) comme je t'aime !!!"* », des comptines : « *J'ai un gros nez rouge…* »

Je feuillette, je cherche quelque chose, un indice… un prénom.

Comment lui dire que j'attends qu'elle me le dise depuis tant d'années, que je n'ai pas oublié moi non plus ? Comment oublier d'ailleurs ? Comment oublier un frère que je n'ai jamais connu, comment oublier la souffrance de mes parents à la perte d'un enfant mort-né ? J'attends ce prénom depuis si longtemps, comme une délivrance qu'ils ne veulent pas me donner. Pourquoi ? « *C'est comme ça, c'est la vie. Il n'avait pas de prénom.* »

Je ne peux y croire : pas de prénom donné à un premier enfant qui naît !! Je respecte ce silence, leur deuil. Et puis la vie a repris avec ma sœur et moi, Luc, le dernier…

Je leur demande régulièrement, comme un mantra : « *Vous ne lui avez pas donné de prénom ?* » Et toujours cette même réponse : « *Non, on ne se souvient plus* », le silence comme protection. Ce n'est pas grave, je reposerai ma question plus tard... Ce frère mort avait-il le même prénom que moi « Luc » ?

Où est-il enterré ? Et mon deuil à moi ? Sans nom, sans identité, un fantôme, une âme qui erre, qui rôde.

Ma vie aujourd'hui c'est de tenir bien serré le petit carnet de ma mère en espérant y trouver des réponses, des soulagements, des guérisons. Et si elle y avait écrit son prénom pour ne pas oublier... par mégarde, par hasard, sans le vouloir, dans un coin de ce carnet.

Je vais le prendre avec moi, je le rangerai sous mon lit là-bas, à Paris, ce cahier rose, et quand je serai prêt, alors je l'ouvrirai. Quand ce sera le bon moment, pas aujourd'hui.

La fourmi a été rejointe par deux amies ! Le bout de chips se déplace à une vitesse record !! Un coup à gauche, un coup à droite, peu importe, ce qui compte c'est d'être ensemble et d'avancer ! Le chemin, elles sont en train de le tracer…

Avancer dans le sable, tracer sa route dans le désert avec un ami, un frère.

Ici, c'est ma famille de sang. Une jolie petite maison sur une île, l'île d'Oléron, en Charente-Maritime, bercée par les touristes l'été et par les vents froids l'hiver. Baignée par l'odeur d'iode et par les immortelles des dunes… Cette odeur me transperce, oui ! Elle me transperce, pas me transporte, vous avez bien lu : elle me transperce l'âme, l'odeur des hélichryses me pénètre et m'apaise de l'intérieur. C'est incroyable !! Petit, je courais dans le sable brûlant des dunes, je courais vers l'océan et je sentais les immortelles remplir mon être. Un parfum si particulier. Partout, je recherche l'odeur de cette petite fleur jaune. Et si par bonheur j'en découvre une, alors je ne peux m'empêcher de la sentir encore et encore. C'est mon chez-moi, ma maison.

Mes parents, eux, ils ont une petite maison à Château d'Oléron avec un joli jardin tout en longueur, pelouse bien tondue, roses trémières le long du muret en pierre, et mon châtaignier qui fait de l'ombre l'été et donne des châtaignes délicieuses, à faire griller dans la cheminée l'hiver !

Mon père est un pêcheur de grand large, dans le port de la Côtinière, il a son bateau, « *l'Immortelle* », il l'a appelé !!! Ils sont quatre copains à partir toutes les nuits pour ramener à l'aube langoustines, soles, lieus noirs, cabillauds, maquereaux et sardines. Du poisson, des coquillages, j'en ai mangé toute ma jeunesse, j'ai même cru que j'allais avoir des écailles et des nageoires à force ! Cette nuit, j'accompagnerai mon père, Loïc, Nicolas et Marc sur leur bateau. J'adore la pêche, j'aime cette ambiance de mecs ! On bosse dur, on a froid, mais on rigole, on boit des bières et on discute de la vie… Moi, ma vie elle est pas tellement compliquée, mais ces escapades nocturnes m'apaisent, me ressourcent. Vers les 4 heures du matin, il y a les huîtres dégustées sur le pont avec un petit verre de Chardonnay bien frais et du bon pain tartiné de beurre demi-sel ! Les cheveux au vent, le sel qui pique les lèvres, les bottes et les gants en caoutchouc qui sentent les entrailles des poissons frais, voilà comment on se sent vivant !

La fourmi et ses copines tournent en rond et sont très loin de leur fourmilière. Je pense que je vais leur donner un p'tit coup de main. Délicatement, je me penche, pose le carnet dans l'herbe et pousse une fourmi avec mon petit doigt. Bon, ben j'ai foutu le bordel, les deux autres ont eu peur et sont parties dans tous les sens. Il ne reste plus qu'une fourmi qui a l'air un peu paniquée, mais qui n'a pas lâché le morceau ! Voilà une petite bête persévérante :

– Salut, tu t'appelles comment ? Moi c'est Luc.

– …

– Dis donc, t'es costaud, tu ne lâches pas le morceau, c'est bien !!

– …

– Tu vas loin ? Tu veux que je t'aide ? Et si je t'aide tout doucement ? Et si je te soulève avec ta chips ? Comme un voyage en avion, et je te dépose direct dans ton trou. Ni vu ni connu ! T'en dis quoi ?

– …

– Moi, j'aimerais bien que l'on m'aide des fois…

– LUUUUC, crie mon père de la fenêtre du salon.

– Chuut, tu vas réveiller maman !

– Quoi, qu'est-ce qui se passe ? s'étonne ma mère, assise d'un coup sur sa chaise longue.

– Non, rien, c'est papa, rendors-toi.

– Mais je ne dormais pas !

– Quoi, elle dort ta mère ? continue de crier mon père.

– Bon arrête de crier, Michel, je ne dors pas voyons, je discutais avec Luc.

– Ah bon ?!

– Bon ben, dis à Luc de venir rapidos, c'est sa sœur qui l'appelle.

Rapidos !!! Qui emploie encore ce mot ?!

– Mais pourquoi elle appelle sur le fixe Hélène, pourquoi elle m'appelle pas sur mon portable ? je crie de mon pneu.

– Quoi ?

– POURQUOI ELLE APPELLE PAS SUR MON PORTABLE ?

– Ben… viens lui dire !!

– Arrête de crier, Michel, et toi aussi, Luc.

Mais pourquoi il est tout en long ce jardin, c'est infernal !!

– Dis-lui que si elle veut me parler, elle n'a qu'à m'appeler sur mon 06 !!

– Bon, ben je raccroche alors ?

– Arrête de crier Michel, tu lui dis ce que tu veux, mais s'il te plaît, arrête de crier, supplie ma mère.

– Bon alors, je lui dis quoi ?

Ma mère se lève, ses cheveux sont légèrement aplatis derrière sa tête, elle tire un peu sur sa jupe pour la défroisser et se dirige vers la fenêtre du salon :

– Michel, arrête de crier s'il te plaît et passe-moi Hélène.

Et je vois le combiné qui change de main, je n'entends pas ce que dit ma mère, elle parle plus doucement, elle a cette tendresse naturelle qui donne envie de se laisser bercer. Mon père attend, il regarde ma mère, il ne bouge pas, il écoute la conversation…

Mon père est un solitaire qui parle fort, à cause du vent sur le bateau, à cause des vagues et du bruit du moteur. Mon père, c'est un navigateur à la peau burinée, quelqu'un de fort, qui n'a peur de rien… Enfin je crois, mais je n'en suis pas si sûr. Il a ses peurs à lui. A-t-il peur lorsqu'il est seul face à la mer déchaînée ? Non. Mon père, il a toujours eu peur de perdre ma mère… de revenir au port et de ne pas la voir l'attendre sur le banc au bout du pont, comme elle le fait depuis 40 ans. Il a peur de voir le banc vide et de perdre pied... tout à coup…

Moi je ne serai jamais marin, et personne ne m'attendra sur un banc.

– Luc, tu viens au marché ?

La voix de ma mère me surprend.

– Luc, ta mère te demande si tu viens au marché ! crie encore mon père les coudes appuyés sur le rebord de la fenêtre ouverte. Réponds à ta mère Luc, tu viens au marché ?

– Euh, je sais pas… Vous partez tout de suite ?

– Ben oui, on est prêts, faut arriver tôt sinon il n'y aura plus rien.

– Mais papa, tu connais tout le monde au marché.

– Oui, mais…

– Ce que veut dire ton père, c'est que les copains l'attendent au bar pour le pinot !!

– Et alors ? Et alors ? On n'a pas le droit à un pinot entre copains ?

– C'est pas ça, Michel, c'était une blague !

– Une blague ? Je comprends pas la blague ! Tu comprends la blague toi, Luc ?

– Euh… la blague, je sais pas…

– Ouais, t'as pas écouté ! Toujours en train de rêver notre Luc !

– Il ne rêve pas, il doit être amoureux Michel, c'est pas pareil !

– Ah bon, il est amoureux notre Luc ? C'est nouveau ?

– Non ce n'est pas nouveau ! s'indigne ma mère, Luc est un éternel amoureux ! Hein, Luc ?

– Et elle s'appelle comment, pourquoi on ne l'a jamais vue ?

– Michel, arrête, s'il te plaît.

– Quoi ?

– Michel, arrête ! … pas devant Luc…

– Ça va maman, je suis grand…

– Oui c'est vrai, mais quand même.

– Quoi ? C'est quoi que vous dites ? crie mon père.

– Bon vous allez au marché ? je demande, impatient de retrouver le silence.

Mon père et ma mère se regardent, sourient et disparaissent dans la maison.

La fourmi a disparu elle aussi, il ne reste plus qu'un minuscule chemin invisible dans l'herbe… A-t-elle réussi ? S'est-elle égarée ? Perdue ?

Il faudrait que je me lève, que je quitte mon pneu. Comme disait Michaux : « *Que j'arrache l'ancre qui me tient loin des mers…* » Allez, je compte jusqu'à trois et je me lève ; 1, 2, 3 et j'y vais… Allez 1, 2, 3, 4… Putain, j'y arrive pas !! Pourquoi ?

J'ai la tête qui tourne et je souris au vent… Des picotements de joie se propagent un peu partout dans mon corps, mon cœur gonfle, s'emplit d'espoir…

SIMON - 39 ans

Une heure, une minute, il ne sait plus. Peu importe, il attend assis sur un banc.

Le vent glacial lui assèche la peau, mais c'est pas grave. Il a froid aux mains, mais c'est pas grave, il les frotte, il souffle dessus et il attend. Qu'est-ce qu'il a froid ! Il se lève, sautille, marche et ses lèvres le brûlent. « *Comment y font les canards pour se baigner par ce froid ? C'est les plumes bien sûr ! Elles sont imperméables ! Je devrais m'en coller sur la peau !!* » Rien que cette évocation le fait sourire. Ses lèvres craquellent, il passe sa langue et reconnaît le goût du sang. Merde ! Il cherche un mouchoir dans la poche de son jean, mais il ne trouve qu'un bout de papier vieilli. Il tamponne ses lèvres avec, en fait une boule, et la jette par terre.

C'est pas grave, il a connu pire.

En fait il en a marre, il est fatigué Simon, il est 9 heures du matin et il se retrouve dans un parc moisi de la banlieue parisienne. Des papiers partout par terre, des cabines téléphoniques des années 80 devenues des murs d'expression libre : « *Salope* »... « *Je suce au 06 32...* »... « *À mort les cons* »... « *Les Arabes dehors* »... « *Je t'aime François...* » Et partout ce froid, ce brouillard pénétrant d'une fin novembre.

Toute cette humidité réveille ses blessures...

Il attend, mais qu'il aimerait être dans un bar devant un café et un croissant. Ici, il n'y a qu'un distributeur de boissons HS depuis bien longtemps, éventré, tout comme le distributeur de préservatifs juste à côté.

Mais pourquoi tout est cassé, sali ? Pourquoi ? Pourquoi tout est gris, triste... ? Depuis combien de temps est-il parti de Paris, une ville aujourd'hui méconnaissable ?

Immobile au milieu du parc, Simon le regarde enfin dans sa globalité : des arbres nus, des branches qui dansent au gré du vent, des feuilles qui roulent et s'entrelacent sur le bitume, des chemins en goudron qui zigzaguent avec des bancs en bordure bien alignés, au garde-à-vous, et de l'herbe jaunie partout autour avec des merdes de chiens posées dessus comme des trophées. Il y a une espèce d'harmonie dans le lugubre.

Un couple arrive comme par surprise ou par enchantement ! Simon n'est pas seul dans ce no man's land, il y a d'autres humains aussi paumés que lui pour venir se geler dans ce parc sans âme.

Des mains qui se serrent, des sourires qui se croisent, ils le bousculent sans le voir… Un soupir et l'effluve de *Shalimar* de Guerlain au moment de l'impact.

Et d'un seul coup, Simon revoit Lili, son parfum qui l'enveloppe, sa main gracile, son sourire comme une caresse… Un bruit de pas le ramène à la réalité. Simon se retourne comme un félin aux aguets. C'est juste un enfant qui court dans les feuilles… juste un enfant...

Un rire cristallin le surprend, il cherche du regard, mais il n'aperçoit que le couple croisé tout à l'heure, tous deux blottis l'un contre l'autre. L'homme murmure des choses à l'oreille de la femme qui sourit, qui rit même. Des mots, Simon en a tellement pour Lili, il en a tellement en lui que parfois ça lui donne la nausée, ça l'étouffe de ne pas pouvoir les lui dire. Des mots, il en a écrit et déposé à chaque endroit du monde au cas où... Il déposera tout à l'heure une lettre pour elle dans ce parc, il la déposera au milieu des feuilles mortes pour qu'elle s'envole vers elle. Une lettre perdue... une lettre peut-être jamais lue… une lettre parmi tant d'autres qu'elle trouvera un jour dans des endroits improbables, poussées par les vents, par le hasard...

« *Je voudrais être ailleurs... Je voudrais être ailleurs !!* » Le voilà en train de hurler dans ce parc… comme un con ! Même les canards s'envolent et le couple récupère l'enfant apeuré, ils s'en vont sans un regard, tous les trois serrés les uns contre les autres comme pour se protéger de Simon…

« *Je voudrais être ailleurs !!* » Les feuilles s'envolent, sa peine s'enterre.

Alors il marche, il marche vite sur ce goudron, sur ces chemins en zigzag, il marche, il crie et il tourne en rond dans ce parc comme un animal en cage...

Depuis combien de temps est-il là, depuis combien de temps il ne vit plus.... « *Je voudrais être ailleurs !!!* »

Il voudrait être avec elle, c'est tout...

Simon tombe dans l'herbe et pleure face au ciel gris… Il a mal partout, chaque partie de son corps lui fait mal… Il a 39 ans et il est un vieillard. Simon est à bout, au bout du rouleau… Il ferme les yeux sur le monde...

Une sensation de fraîcheur comme une caresse humide sur la joue le fait sursauter. Lentement, sans bouger, il ouvre un œil : une espèce de bulldog lui fait un nettoyage de peau avec sa langue rugueuse !

Simon sourit, cela lui rappelle cette gazelle dans le désert… Sa lèvre saigne, mais le chien s'en occupe ! Il reste là, immobile, il est heureux Simon, il se refait une beauté avec la langue baveuse d'un animal chaleureux. Voilà un être affectueux qui lui fait énormément de bien ! Simon rit, pleure sur lui-même, sur son sort, sur son état, tout en caressant la bête. Elle veut jouer, pas de maître ou de maîtresse à l'horizon. Simon se redresse, il a le cul gelé. Le chien lui dépose un bâton, Simon le lui lance aussi loin que possible et le bulldog bondit dans les fourrés à sa recherche.

Tout à coup Simon se retrouve seul, et cette constatation l'angoisse. Il se lève d'un bond et court en direction des bosquets : « *Eh, attends le chien ! Reviens !!* » Il l'appelle, terrifié comme s'il avait perdu son enfant, comme si sa vie en dépendait ! Ce qui est peut-être le cas d'ailleurs : « *Le chien ? Le chien ? Viens donner le bâton à papa !!* »

Il s'enfonce dans les fourrés, les ronces lui égratignent les mains. « *Viens le toutou, allez viens, ne laisse pas papa tout seul ! Allez reviens !! Déconne pas.* » Simon crie en pleurant, et il s'en fout, il n'a plus honte : « *Je deviens fou putain, je deviens barge !* »

À force d'avancer tête basse, il tombe nez à nez avec un petit kiosque des années 1900. La ferraille est toute rouillée, le toit percé. Il monte les deux trois marches, et sur le sol toujours les mêmes inscriptions obscènes. Ça pue la pisse, et un vieux matelas taché est roulé dans un coin. Simon s'écroule par terre, il imagine l'orchestre qui joue par un bel après-midi de printemps devant une assistance d'ombrelles, de dentelles et de raffinements, il entend même un air de Tchaïkovski : « *À quel moment on s'est déconnecté de tout ça ? À quel moment on a tout sali, tout perdu de la beauté ? Si maman si, si maman si, maman si tu voyais ma vie, je pleure comme je ris, si maman si…* »

Simon est maintenant debout, les bras en croix, les yeux fermés au centre du kiosque et sa voix s'élève : « *… mais mon avenir reste gris, et mon cœur aussi…* »

« *Si maman si, si maman si, maman si tu voyais ma vie… à moi aussi !!* » Devant lui un p'tit gars, la quarantaine, boule à zéro, yeux noirs et sourire jusqu'aux dents sales et jaunes, voire manquantes, se dandine !!

– J'm'appelle François, pas Claude, mais pas loin !! Mort de rire.

Il lui tend sa main petite, sale et sèche.

– Salut, moi c'est Simon tout court, sans Michel ni quoi que ce soit ! il lui répond en essayant de rire de sa blague à deux balles.

– Ah ouais d'accord, lui rétorque François sans avoir l'air d'avoir capté le jeu de mots. Alors comme ça t'es nouveau dans l'coin ? T'as mis où tes affaires ?

– Ah non, enfin ouais, enfin non, je reste pas en fait, je suis de passage.

– Tu vas où et t'arrives d'où ? Allez raconte-moi, j'aime bien les histoires, lui dit François en déroulant le matelas pisseux et en sortant une bouteille de rouge *La villageoise*. Super !!

– Ben en fait, je vais vers là-bas - il lui indique le bout du parc à droite -, et je viens de là - il lui montre la gauche du parc.

– Ah ouais, t'es un comique toi !!

François boit un coup, s'essuie le nez et tend la bouteille à Simon...

Et puis merde, Simon attrape le goulot et se délecte de cette boisson infâme…

– En fait, j'ai rendez-vous avec John, mais il est en retard ou je me suis trompé de jour, ou d'heure…

– Ouais, t'es un paumé quoi !!

François rit, et de voir rire ce petit bonhomme, assis sur un matelas sous un kiosque, ben ça fait rire Simon… rire aux éclats comme des éclats d'obus qui lui perforent le cœur… alors il pleure en riant.

– Ouais, t'es vraiment paumé en fait, lui murmure François qui a arrêté de rire et qui pose sa main rêche sur l'épaule de Simon.

Simon regarde François : « *Je l'aime bien ce mec, je le connais pas, mais il me fait du bien. J'sais pas l'expliquer c'est comme la chaleur d'un vieux pote, la douceur d'un grand frère, un chez-soi. Je vais rester là j'crois ! Je vais faire comme François, c'est-à-dire rien. Ne rien attendre, ne rien espérer, juste être là avec un matelas et une bouteille de rouge* ».

Un bruit dans les fourrés lui fait tourner la tête et Simon se lève d'un bond… l'habitude… Il aperçoit alors le bulldog qui sort des haies avec dans sa gueule un sac poubelle piqué un peu plus loin. Tout content, il monte les marches du kiosque et dépose le sac près de François.

– J'te présente Mitterrand. Mitterrand, voici Simon.

Le chien le regarde en remuant la queue et d'un coup de dent éventre le sac…

– Ouais, il est autonome côté bouffe, ça c'est cool, et parfois y en a même pour moi !!

Simon n'en croit pas ses yeux : « *Putain et dire que ce chien m'a léché tout le visage il n'y a même pas une heure ! Je préfère en rire !!!* » Il se baisse, caresse le bulldog :

– Salut, Mitterrand, t'es donc le chien de François ! J'imagine que t'as fait exprès pour le nom de ton chien ?

– J'suis à la rue, mais j'suis pas con ! OK ! J'ai de l'humour, beaucoup d'humour…

– C'est ce que j'ai tout de suite remarqué chez toi, François.

– Appelle-moi Frantz, c'est plus cool.

– OK, Frantz.

– Et moi je peux t'appeler Sam ?

– Si tu veux !

– Ouais cool, on se croirait aux States !! Comme Starsky et Huch ! Nous c'est Frantz et Sam avec notre chien Mit' !! Les justiciers du parc !! Trop cool !!

Une odeur d'orange pourrie envahit l'air, Mitterrand a étalé le contenu du sac par terre…

– Je crois que je vais y aller Frantz, j'ai un rencard avec un mec et je peux…

– OK, t'en fais pas, j'ai compris. De toute façon, personne reste très longtemps avec moi… Te bile pas, j'ai l'habitude.

François paraît soudain si petit, si vulnérable, si fragile, si sale sur ce matelas. Simon le dévisage : « *Je suis devenu un monstre. Que feraient Narantsetseg, Bwerani, Baatuli ? Qui je serais aujourd'hui si tous ces gens ne m'avaient pas tendu la main, soigné, abrité, nourri, souri, aidé ? Et Lili ? Que ferait Lili ?* »

Alors Simon se penche lentement et soulève François, le serre dans ses bras, le fait tourner sous ce kiosque en lui criant « *Pardon* » mille fois, tout en se faisant mordiller les mollets par Mitterrand qui ne comprend rien. François non plus d'ailleurs ne comprend rien, mais il rit, il rit.

– Je t'aime François, pardon, pardon, je suis un peu perdu c'est vrai, mais j'suis pas déconnecté, je t'aime François !!

À force de tourner, ils tombent sur le matelas et Mitterrand avec sa grosse langue de bulldog s'en donne à cœur joie !!

– J't'aime bien, Sam.

– Moi aussi je t'aime bien, Frantz et j'adore Mitterrand !!

En descendant les marches du kiosque, Simon les regarde et leur crie : « *Je vous aime François-Mitterrand !* »

Simon sait qu'il gardera longtemps le sourire de ce petit bonhomme et la tiédeur de son haleine au fond de son cœur, comme une madeleine de Proust.

Les mains dans les poches, il tape dans des petits cailloux avec ses Stan Smith tout en marchant sur le chemin goudronné. Son téléphone vibre dans sa veste, il le sort et regarde l'écran : un

SMS en attente... il clique : « *Salut je peux pas venir, je t'expliquerai, on se rappelle. John* ».

Simon n'est même pas en colère, il est rien en fait. Il devait voir John, c'était hyper important pour lui. John connaît Lili... Et voilà qu'il ne sait plus quoi faire, où aller.

« *Lili* », une complainte dans le froid de l'automne, il crie si fort qu'il entend Mitterrand aboyer au loin ! « *Lili, tu me manques tant.* »

Simon creuse un trou, arrache l'herbe, gratte la terre avec ses ongles, creuse un puits sans fond pour éponger sa peine. Il creuse un abîme, un trou noir pour y cacher sa douleur. Il crie sa rage, son désespoir, il bave, crache sa colère, arrose la terre de ses larmes.

Il est à genoux, ses mains sont gelées et recouvertes de boue, il fouille dans la poche de son jean et trouve le petit mot qu'il a écrit à la va-vite dans le métro tout à l'heure. Il le porte à ses lèvres, l'embrasse et le dépose délicatement dans la terre, dans ce petit trou, cette cachette. Comme un chien, il recouvre, aplatit, renifle, essuie la morve qui coule de son nez avec le dos de sa main. Il remet soigneusement les petites mottes de terre dessus. Voilà, c'est fini.

« Lili, tu le trouveras ce mot, hein ? Tu le liras hein ? Dis-moi oui ! Tu as lu tous les mots que je t'ai envoyés, pas vrai ? Hein, Lili, tu le sais que je t'écris ! »

Tout à l'heure, Simon va sortir de ce parc de banlieue, tout à l'heure il va aller dans un café pour appeler John et ils vont se donner un autre rendez-vous. Oui, voilà, tout à l'heure John va s'expliquer et tout va s'arranger, tout à l'heure Simon ira mieux, il pourra continuer sa route, tout à l'heure il va la retrouver, tout à l'heure ils vont pouvoir enfin se toucher… tout à l'heure…

– Excusez-moi, ça va ?

Simon lève les yeux et aperçoit un homme assez âgé avec de petites lunettes rondes dans un grand manteau gris foncé, un chapeau en feutrine noire sur la tête. François Mitterrand ! C'est lui, le vrai François Mitterrand !!

– Excusez-moi, ça va ? répète l'homme avec un accent.

Simon s'aperçoit alors qu'il est noir ! François Mitterrand est noir !!

– Mes respects Monsieur le Président.

L'homme a l'air gêné, il se retourne, regarde autour de lui, revient vers Simon, se penche et murmure :

– Pardon ?

Simon se lève et lui tend la main. François Mitterrand la fixe puis cherche quelque chose dans la poche de son grand manteau et lui propose un mouchoir.

– Ah oui, pardon.

Simon s'essuie et lui tend le mouchoir en boule et tout marron de terre. Sans commentaire, l'homme récupère le morceau de tissu et le met dans sa poche.

Et en lui tendant de nouveau la main, il répète :

– Bonjour, est-ce que ça va ?

– Euh… oui…

– Vous êtes sûr ?

– En fait non pas trop. Excusez-moi, mais je crois que j'hallucine : je suis en train de parler au président François Mitterrand ! Mais vous êtes noir !!!

L'homme soulève son chapeau, se gratte le front, remet son chapeau et sourit.

– Oui je sais, je dis souvent à mon épouse que ce couvre-chef est le même que celui de Monsieur Mitterrand. En fait, je crois que je suis le sosie de l'ancien président, mais en noir !

– Ah ouais quand même, je me disais bien… Simon Weber.

– Samuel Wnada, enchanté, dit-il en serrant enfin la main de Simon, excusez-moi, mais comme je vous ai aperçu à genoux dans l'herbe, j'ai cru que vous aviez un malaise...

– C'est un mal-être que j'ai eu… J'en fais souvent.

– Ah, je comprends, et c'est pour ça que vous vous mettez à genoux, pour faire passer votre mal-être… Hum, je vois, vous invoquez les dieux ? Vous implorez le ciel ?

– Euh non, j'enterre des lettres…

– Ah oui, vous enterrez des lettres pour… ?

– Ben, pour Elle !

– Eh oui, évidemment.

Sans que Simon s'en rende compte, ils marchent côte à côte sur la petite allée goudronnée. Ils sont revenus sur le droit chemin… L'homme sent *York*, l'eau de Cologne que mettait le père de Simon quand il amenait sa mère au bal. Un électrochoc, un bond en arrière… L'Argentine… son père… son père…

– Moi, je déchire mes lettres en mille morceaux, je monte sur le toit d'un immeuble et les jette au vent, murmure Samuel Wnada.

– Pardon ?

– Moi, les lettres que je lui écris, répète l'homme, je les déchire en mille morceaux et le vent s'en occupe…

– Pour qui les écrivez-vous ?

– Ben comme vous, pour une autre « Elle ».

– Et elle les reçoit vos lettres ?

– Bien sûr !

– Comment le savez-vous ? Simon se rapproche pour s'enivrer de son parfum, pour se faire un shoot de son père. Ah, vous l'avez retrouvée, c'est votre épouse aujourd'hui ?

– Non ce n'est pas pour mon épouse que je parsème ces lettres. Mais pour Elle. Je lui en envoie tellement qu'elle n'aura peut-être pas assez de cette vie pour toutes les lire. Mais quand elle aura fini… peu importe quand, alors… Vous pleurez ?

Simon touche sa joue et effectivement une larme coule dans le sillon de sa cicatrice.

– Oui, je crois.

L'homme le regarde droit dans les yeux, et une larme coule aussi sur sa joue. François Mitterrand pleure !

Simon le serre dans ses bras et il pleure son père, il pleure son enfance, il pleure l'Argentine, il pleure Lili. Il pleure.

Note de SIMON

« *À tout prendre, je prendrai ta voix.*

À tout prendre, je me blottirai contre toi.

À tout prendre, je te donnerai ma vie.

À tout prendre, je me perdrai dans ton lit.

Puisque l'infini nous est offert,

Puisque notre amour vivra,

Puisque nos corps n'auront jamais froid,

Puisque nos baisers détruiront les cimetières,

J'irai te retrouver.

J'irai partout où tu seras.

J'irai au-delà de l'univers.

J'irai parce que je n'ai que toi. »

LUC - 40 ans

« *Ma main effleure sa peau, des frissons, une cambrure, un soupir.*

Mes doigts caressent son visage et ses yeux mi-clos frétillent, sa bouche s'entrouvre et sa petite langue rose humidifie ses lèvres. Son pied se tend sur le drap en lin blanc.

Ma jambe s'approche, encore, se rapproche, ses orteils aux ongles rouges s'écartent discrètement.

Sa main petite et gracile s'élève et se balade dans l'air.

Elle me tourne le dos, silhouette de profil, tout en courbes, des collines et des creux. Une peau si fine que la dentelle s'y perdrait, des traits si ondulés que mes yeux chavirent.

Je laisse divaguer mes doigts sur cet océan de pudeur. Je remonte le long de sa colonne vertébrale par effleurements, légères vagues de bonheur.

Une mèche s'est échappée de son chignon et se soulève à chaque respiration.

« *Arrête ça me chatouille !* » *Son visage se tourne vers moi et son sourire m'inonde.*

« Arrête ça me chatouille ! », mais son corps ne bouge pas, il se tend même vers moi… Je continue le va-et-vient de mes mains sur ses reins.

Elle lâche prise et tout son être se détend, elle pose sa tête sur l'oreiller et sa mèche s'endort sur le drap...

Comment ne pas avoir envie d'elle, comment ne pas voir sa beauté... ?

Elle me fait penser à la gazelle qui était venue à ma rencontre dans le désert. Ses yeux, la douceur de sa langue qui m'avait nettoyé le visage, son corps fin, gracile, vif et élégant... J'avais pleuré, je me souviens, quand Bwerani l'avait abattue d'une flèche.

Sur ce lit aujourd'hui, j'effleure son dos à la recherche d'une blessure, mais aucune flèche n'a traversé sa peau. Ses grains de beauté forment des constellations et je me perds dans son univers. Je ferme les yeux et je m'imagine voyageant dans ses étoiles avec mon petit vaisseau ! Je verrai sa peau, ses poils, je rentrerai en elle ! Moi minuscule être, j'irai explorer ses profondeurs, sentir sa chair de l'intérieur...

Son pied cherche le mien, j'ouvre les yeux... Elle se cambre, elle attend les caresses.

C'est maintenant ! Ma bouche va à la rencontre de sa tendresse. Avec ma langue, j'humidifie mes lèvres et les pose sur sa peau. Frisson de plaisir. Un baiser, juste un baiser bouche entre-ouverte sur le haut de son épaule et la chair de poule inonde tout son dos...

J'attends, la bouche en suspens, à quelques centimètres… Soupir… Elle se décale, soulève l'épaule à la recherche, dans l'attente... aux aguets.

Mon bras, ma main, l'enlacent alors vigoureusement par la taille, je la plaque contre moi, un petit cri de surprise… ses fesses se calent contre mon sexe… Mes lèvres parcourent son dos, son épaule, son cou, je lèche, je mordille, je croque... Comme un feu d'artifice, ce sont des « Oh », des « Ah »…

Le drap en lin se froisse, se plie, se tord sous son corps. »

« *Luc, t'as fini ?* » La voix vient d'ailleurs, ce n'est pas la mienne, c'est celle de ma sœur. Tout m'apparaît : assis sur le trône, le livre *By Simon* sur les genoux, le froc aux mollets. Je suis chez mes parents à l'île d'Oléron. Un retour dans l'île pour le mariage d'un cousin. Toute la famille est réunie. Ma sœur est là aussi ! Nous avons 40 et 42 ans et pourtant, à chaque fois que l'on se retrouve ici, on redevient des enfants. Les mêmes mots criés à travers les toilettes, les mêmes mots jetés à la figure durant les dîners, les mêmes remarques à deux balles sur nos looks… Et à chaque départ les mêmes embrassades, les mêmes « *On s'appelle. Prends soin de toi. On s'appelle hein, on essaye de se voir. Je t'aime !* » Et puis moi, je pars vers la capitale et elle, elle descend vers Toulouse. Ma sœur travaille à Airbus… Une tronche… Moi, à 40 ans, je fais des petits boulots ! Je vis en coloc sur Paris dans le 3e avec Jamel, un étudiant de 31 ans en doctorat de droit. Très sympa…

Je me suis légèrement endormi ? Non ? Laissé aller ? Certainement !!

– Ouais, c'est bon ! Je m'essuie !

– Ça fait une heure que tu es là-dedans !!!

– Ouais, c'est bon !!

– Bouge !

– C'est bon !!

J'ai honte. Honte d'apporter ce bouquin aux toilettes. C'est pas sa place. Je regrette sincèrement et je le lui dis. Déjà, j'ai les nerfs de l'avoir laissé ouvert et posé sur mes genoux, il est tout abîmé, moi qui ai horreur des livres écornés, moi qui n'utilise que des marque-pages… Je prends un morceau de papier toilette et le glisse à la page 64. Je referme le livre, le serre fermement pour essayer d'effacer cette ouverture trop brutale... Une légère démarcation apparaît entre les pages 64 et 65. Je le serre un peu plus fort… Je vais le mettre sous le pied du canapé, il retrouvera sa splendeur !!

By Simon doit être lu dans un jardin japonais, au pied d'un cèdre centenaire, face à la Sainte-Victoire, dans un biergarten à Berlin, dans un Airbus en pleine nuit, sous une yourte mongole, dans le désert, dans un lit, avec elle...

Mais pas aux toilettes, là je déconne.

« *Pardon, je le referai plus.* » Je le serre contre ma poitrine, une larme coule, j'ai honte...

– Putain, tu sors des chiottes !! T'es pas seul au monde !!!!!

– OUUUAIS !

Mais le moral n'y est plus !!! Je pose *By Simon* délicatement sur le bord du petit lavabo…

Et ça tambourine.

– Luc t'es chiant, sors !!

Quand j'ouvre la porte, je me cogne à ma sœur qui me bouscule et entre comme une furie dans les toilettes.

– Fais gaffe quand même !

La porte claque.

— Eh, mon bouquin ! Je tape à la porte. Hélène y a mon bouquin qui…

La porte s'ouvre, je me la prends en pleine tête, pas grave, une main se tend avec mon livre au bout des doigts, juste le temps de le récupérer avant que la porte ne se referme violemment.

— Merci.

— De rien.

Je sais pas si elle me respecterait davantage si j'étais patron, si j'avais un travail. Est-ce que les gens arrêteraient de me considérer comme un gamin si j'avais un vrai boulot ?

Ah, si j'étais patron… « *Mais c'est pas possible ce matériel !! C'est censé être facile !* »

Là c'est moi, Luc, le patron. J'appuie sur le bouton de mon interphone : « *Lola ? Lola ? Ouais, envoyez-moi Bertrand du service qualité. Tout de suite ? Ben oui tout de suite !! J'arrive pas à monter la toile de tente Air 300. Ça fait une heure que je suis dessus… Quoi ? Je m'en fous ! Qu'il me rappelle fissa !* »

« *Allô ? Bertrand ? Bon, ça va pas ! Ça marche pas ! Pourquoi ? Mais parce que je me retrouve avec trois piquets, la toile pas tendue. Allô ? Bertrand ? Bon, il faut prévoir une réunion avec le service qualité en urgence. Pourquoi ? Mais parce qu'elle ne fonctionne pas, la toile de tente Air 300 !! Non elle ne fonctionne pas !! Elle ne fonctionne pas j'vous dis !! Eh bon, c'est qui le patron ?! Oui, ben c'est moi le patron ! Je sais quand même !! Non, ça fait une heure que je suis dessus !! Quand on avait fait la com, on avait tablé sur trois minutes max ! Ça va pas… ça va pas le faire, le lancement est pour jeudi !! Et non, ça ne marche pas ! Quoi ? Oui, ben si vous avez réussi en 4 minutes 13, c'est parce que c'est vous qui l'avez conçue. Mais les gens qui l'achètent, ben ils sont comme moi, intelligents certes, mais pas forcément ingénieurs !! Bon, on va pas discuter des heures. Venez dans mon bureau fissa !! »*

« Je suis pas bête quand même ! Si moi j'y arrive pas, les clients vont pas y arriver, c'est sûr !! Il m'énerve un peu ce Bertrand, il se la pète cet ingénieur, ce néo bobo ! Blond, sportif… Il m'insupporte… Cette boîte, c'est mon entreprise, c'est moi qui l'ai montée, c'est moi qui l'ai transpirée, je dors pas à cause de cette boîte, alors faut pas trop qu'il la ramène le Bertrand !! Sinon, je le vire… Il m'énerve… Ah tiens, le voilà !! »

« Bon, alors allez-y Bertrand, montrez-moi vos prouesses en 4 minutes 13. Je vous regarde… Ah…

OK… Ouais… c'est un coup de chance ! Allez-y, refaites-le !... 3 minutes 15 !! Ouais, c'est bon, j'ai compris le truc ! Regardez, je vais vous le faire en 2 minutes 40… Merde… Aïe !… Mais venez m'aider !! Là ! Je suis là-dessous… Je suis coincé, mon pied… Aïe !! Attention !! Non attendez ! Aïe ! Mais poussez-vous !!… Bertrand ? … Bertrand ? Mince… Le con, il s'est cogné la tête contre mon bureau ! Bertrand !!? Oh, il pisse le sang !! Bertrand ? Merde !! Et le lancement de l'Air 300 qui a lieu jeudi… »

« *Lola ? Lola ? Vous qui êtes une femme vous savez plier le linge ? Donc vous savez plier une tente ! Dans mon bureau fissa !* »

J'aime bien faire ça… Je m'évade, je m'invente des histoires, debout dans le couloir qui mène à ma chambre… J'ai toujours fait ça. Le couloir a toujours été un tunnel à rêves… Un long tunnel de lambris avec au centre une immense carte du monde. C'est mon père qui l'a collée, c'est lui qui a posé le lambris aussi ! Chaque soir, il nous portait sur son dos en chantant « *Cavaliers êtes-vous prêts ?* » Ma sœur et moi on répondait en criant : « *OUUUI !* », et le cheval avançait dans le couloir en trottinant. Il faisait toujours une halte devant la carte. Alors on regardait les noms des pays, ceux qu'on connaissait, ceux où on aimerait aller et les autres, les inconnus aux noms sauvages et exotiques...

Je voudrais être comme Simon, partir, voyager, rencontrer des autres que moi, des différents de moi... Simon, personnage magnifique, Simon, c'est mon frère, c'est celui que je ne serai jamais : libre.

Va, Simon. Cours les plaines, redeviens un animal sauvage...

« *T'es encore au milieu, c'est pas vrai ! Bouge !* »

Hélène me pousse et souffle en me dépassant. Je la retiens par le bras et l'enlace en lui criant :

– Pars ! Va vers tes rêves, n'abandonne jamais...

– Tu fais quoi là ?

Je l'entends à peine, elle a la tête coincée contre mon torse.

– Quoi ?

– Luc, lâche-moi !

– Pardon.

Je m'écarte et la regarde dans les yeux.

– Faut qu'on arrête Hélène, faut qu'on grandisse, il faut qu'on croie, qu'on vive, qu'on aille voir…

– Luc, moi aussi je t'aime.

Hélène se met sur la pointe des pieds et m'embrasse sur la joue. Elle s'en va en trottinant dans le couloir en chantant : « *Cavaliers êtes-vous prêts ?* »

Je pleure. Tout me manque : ma jeunesse, ma chambre, ma sœur.

– Luc, ça va ? ma mère est là, tout inquiète. Ça va ? Pourquoi tu pleures ? Hélène, arrête d'embêter ton frère, tu le fais pleurer, crie-t-elle à la porte du fond.

– Quoi ? Luc est tombé ?

Mon père déboule dans le couloir.

– Mais non il n'est pas tombé, il est en train de pleurer !

– Hélène, arrête d'embêter ton frère…

– C'est bon, Michel, je lui ai déjà dit.

– Alors ?

– Alors quoi ?

– Ben alors, qu'est-ce qu'elle a dit ?

– Qui ?

– Ben Hélène !

J'en peux plus.

– C'est bon, tout va bien je me suis juste cogné le petit orteil dans l'angle de la porte, c'est rien.

– Ah, vous voyez, c'est pas moi ! crie Hélène de sa chambre.

– C'est pas elle, reprend ma mère.

– Non, pour une fois ! reprend mon père.

AAAHHHH, Simon vient à mon secours, emmène-moi, fais-moi voler !!

– Tu vois, c'est pas ta sœur !

– Mais papa, j'ai jamais dit que c'était Hélène qui m'avait fait pleurer.

– Tu vois !

OK, là je me casse, je serre *By Simon* contre moi, je traverse le couloir en courant, j'ouvre ma porte d'un coup d'épaule et je me jette sur mon lit. TOP !

SIMON - 40 ans

Dès que Simon a ouvert la porte du bar « le Ricker's », il a senti comme un relent de misère. Il avait rendez-vous avec John, enfin !! C'était un grand mec, désossé, les cheveux en bataille, il l'attendait au bar :

– Salut, Simon ! Désolé pour l'autre fois, j'ai eu un empêchement.

Simon se souvenait de ce matin de novembre, du froid, du parc de François et de Mitterand.

– Salut John. Pas grave, j'ai fait une belle rencontre alors y'a pas de lézard !

John qui serrait un verre de ses grandes mains cagneuses, lui a souri, et s'est penché pour ramasser un vieux mégot par terre, perdu dans les restes de cacahouètes. Quand Simon s'est assis près de lui, John a senti ses cheveux, c'était l'odeur du sable du désert, une odeur de rocailles et de poussière, un mélange de soleil et d'espoir. C'était toute la chaleur des grandes plaines qui lui arrivait en pleine gueule, comme une claque qui vous pique la peau. Voilà, c'était tout ça l'odeur des cheveux de Simon : un coup de soleil brûlant et solitaire.

John a inspiré profondément.

– Alors, tu peux m'aider ?

Les mots de Simon l'ont sorti de son trip, fini les scorpions, les pierres, juste l'odeur de la bière, de la clope et de l'ennui…

– J'pense… Tu prends quoi ?

– Pareil que toi.

– Deux bières et une assiette bacon-œuf-frites, s'te plaît Martine.

Simon n'a rien dit, il a souri à Martine qui fumait sa clope derrière le comptoir.

Il était 7 heures du matin, mais Martine n'avait même pas tilté pour les deux bières… Simon, lui, rêvait d'un café !

– Est-ce que l'on peut avoir un café allongé en plus ?

Simon écoutait John lui parler de Lili.

Au bout de deux heures et trois bières, John s'est levé et il est parti. La porte a claqué, le vent est entré. Simon est resté seul longtemps dans ce café, il était heureux, car il savait maintenant qu'elle était vivante quelque part, et il connaissait une partie de son histoire.

Note de SIMON

« Lever les yeux, voir les étoiles, sourire et partir.

Ne pas regarder en arrière et partir.

T'attendre, te prendre la main et partir.

Reculer, prendre son élan et partir.

Payer, se lever et partir.

Attendre, attendre, attendre et partir.

Courir, courir, courir et partir.

Sans moi, partir. »

LILI - 38 ans

Comment dire… ? J'ai cette chemise qui me colle à la peau, les cheveux qui coulent de sueur le long de mon cou et le visage boursouflé, piqué de toute part par des moustiques, mouches et autres bestioles exotiques… Mes pieds baignent dans leur jus. Mes chaussures trempées pèsent une tonne. Mais surtout, il y a ces cris d'animaux, d'oiseaux, autour de moi, partout, comme une transe. Mon coupe-coupe lacère les feuilles, les tiges, les fleurs, les lianes. Un son rassurant qui rythme les hurlements, les chants de tout ce petit monde invisible… Bref, j'avance dans la forêt amazonienne...

Je me fraie un chemin pour trouver une graine minuscule, pas plus grande qu'un petit caillou, qu'une poussière, mais qui pèse quand même plus de 30 millions de dollars. Une graine paysanne vieille de plus de 2 000 ans, une graine qui guérit : la Pfaffia Paniculata. Tout le monde la veut : les chercheurs, les scientifiques, mais surtout les multinationales pharmaceutiques, une plante qui guérit c'est la mort ! Alors ils sont prêts à payer cher… très cher…

Voler c'est mon métier, mon business : je suis une pirate des terres. Une biopirate qui vole des graines pour les revendre à des firmes qui déposent ensuite des brevets pour toucher des royalties. Simple et efficace ! C'est une façon discrète de siphonner les richesses de la planète.

Bienvenue dans le Nouveau Monde. Celui du trafic de graines, du pillage de la terre. Ça fait la richesse de certains et la misère de tout un peuple qui est obligé d'acheter chaque année, pour chaque récolte, des graines stériles et affaiblies par les multinationales.

Moi, j'aime l'argent, j'aime l'aventure alors je vais chercher tout ce qu'on me demande : fleurs, roches, sable, minéraux, plantes, graines.

J'aime pas la mer… J'suis malade en bateau, c'est pas de ma faute… Alors j'ai dû faire mon chemin, trouver ma voie, comme on dit…

Des sangsues sont passées sous mon pantalon, elles m'aspirent et me sucent le sang. J'ai des moustiques plein le nez et les oreilles… Je tremble comme un buffle pour m'en débarrasser… Mon coupe-coupe tranche des feuilles grandes comme des parapluies qui se remettent à pousser instantanément... Le bruit permanent et le silence angoissant en même temps.

« *Elle est petite, ronde et noire, comme une perle de Tahiti* », m'avaient-ils expliqué dans ce bureau ovale et sombre. Pour 30 millions de dollars, ils pouvaient me dire tout ce qu'ils voulaient, je m'en foutais. Moi je voulais une carte, un GPS et des promesses d'argent.

Assise face à un mur de végétation de six mètres et appuyée contre un kapokier de 60 mètres de haut, je fais une pause et je regarde la forêt équatoriale. Forêt de basse terre en Amazonie.

Pirate des terres, solitaire. Fini les épopées navales, les grandes voiles, les équipages, les canons, les longues vues, les cartes jaunies et roulées dans les cabines des capitaines. Il n'y a plus de malles, de coffres remplis de diamants, bijoux, robes, parures ou épices.

Je n'ai ni cache-œil, ni jambe de bois, ni tricorne. Je ne suis pas Ching Shih dite Madame Tsching, aux commandes de 400 navires. Je ne sais pas non plus manier le sabre ou l'épée, j'ai juste un colt planqué dans la poche basse de mon pantalon Decathlon *Forclaz 500,* taille 36.

Et toujours ces bruits, ces cris qui me font sursauter. Je suis seule avec mon GPS et ma casquette *Quechua* noire. Le trésor que je cherche est une graine qui tient dans un petit sac plastique. Un sac, une graine, le tout glissé dans la poche de mon pantalon et le tour est joué ! Je suis pirate des terres depuis dix ans : Sahara, Australie, Amazonie, Afrique, Orient, Occident. Mais là, c'est le jackpot ! Le hic, c'est que je ne suis pas toute seule, d'autres casquettes *Quechua* rôdent aussi dans la forêt amazonienne…

Moi, je suis réputée, j'ai la cote auprès des pourris. Normal, avec un père biologiste à l'institut Pasteur, j'ai quelques connaissances.

Je sens un frôlement sur ma cheville, lentement je baisse les yeux : un serpent visqueux et vert émeraude glisse… Laisser faire… Ne pas bouger…

J'ai connu pire il y cinq ans à Bornéo dans la forêt de nuages du mont Kinabalu. Mon coupe-coupe tranchait un mur de vapeur, un sauna permanent. Des bruits étouffés, la peur au ventre et de l'eau partout autour de moi, en moi… Je ne l'avais pas vu ni entendu arriver, et de toute façon je n'aurais pas pu l'éviter, je ne voyais rien, j'avais chopé le paludisme, j'avais 40° de fièvre et je marchais au radar… J'avançais à reculons… Il m'a prise par-derrière, par surprise, à la gorge, un couteau sur la pomme d'Adam, et il a crié des mots que je ne comprenais pas. Espagnol, portugais ? Je ne sentais que la fraîcheur de ses postillons dans mon cou et sur ma joue droite. Encore de l'eau…

Puis il m'a fouillée, palpée partout pour trouver la pierre recherchée, il est tombé sur mon pistolet et l'arme a changé de poche tout naturellement… C'était un pirate des terres comme moi… Quand sa main est remontée le long de mes cuisses, je me suis retournée brusquement et son couteau a alors dessiné une courbe sur ma joue, comme une esquisse au fusain. Un trait net, fin, à jamais sur ma peau. J'avais 33 ans et on m'avait signée pour l'éternité. Il m'a regardée, étonné lui-même de voir le sang couler. Il a souri, s'est approché pour caresser la plaie et j'ai senti la pointe de la lame s'enfoncer, traverser mon tee-shirt et toucher ma peau. Son couteau brillait à travers le brouillard… Des regards fixes, des yeux perdus et des gorges serrées… Alors, je lui ai donné la pierre, je l'ai sortie de ma bouche. Je l'avais cachée, dans ma joue droite comme les hamsters… Elle était gluante, pleine de sang et de larmes. Il m'a prise par le menton, m'a embrassée sur les lèvres et la pointe de son couteau est entrée, un peu plus, dans mon ventre.

Le temps d'une larme, il avait disparu, il s'était évaporé dans l'humidité… Ma joue saignait, mon tee-shirt était collé à ma peau, j'ai passé ma main dessous pour toucher la plaie. Juste un petit trou rond comme une graine…

Je me suis assoupie dans ce souvenir et pendant ce temps le serpent a glissé lentement. Juste le bruit de son corps sur les feuilles… Je le regarde partir et je me sens lasse tout à coup. Je suis fatiguée, usée. À quel moment je me suis déconnectée de la vie ? Des odeurs de fleurs, de terre humide me caressent les narines. Je pleure, ma cicatrice me fait mal, je l'effleure et je me perds, je divague, la fièvre sans doute…

Je revois une mère dans le grand hall d'un aéroport qui appelle son enfant : « *Simon !* »

Je me vois allongée dans un lit aux draps de lin blanc, je sens une langue qui lèche mon corps, comme le feraient mille serpents. Je ne vois pas son visage mais sous mes doigts je devine une ride au coin de sa bouche…

J'ai le sentiment que l'on peut être aimé.

Qui est ce petit garçon ? Qui est Simon ? Un frère, un père, un amant, mon enfant ? Il est comme Shiva, il est tout ça et ses bras m'enlacent et me bercent.

Simon, Simon… Il est le sentiment ultime, ce cadeau suprême, celui qui restera caché dans un petit coffre en bois de Cèdre. Il est ce trésor enfoui au pied d'un vieux temple bouddhiste en ruine. Il est cet amour prêt à germer…

Des chants, des tambours, une odeur d'encens… Un délire, un rêve fiévreux… Et soudain tout bouge, tout vacille…

Une fourmi qui se balade sur ma paupière me chatouille et me ramène à la réalité.

Et là, je le vois, il est assis en face de moi, mon pirate hispanique. Toujours le même sourire cinq ans après. Discrètement, je palpe la poche de mon pantalon et la présence de mon colt me rassure. Il me parle, mais je ne comprends toujours pas ce qu'il me dit. Il a vieilli et ça lui va bien. Tiens, il a changé d'arme. Avec le temps, le sabre a remplacé le couteau, il est d'ailleurs posé majestueusement sur ses genoux. Il attend. J'aimerais lui dire que je suis malade, que je suis fatiguée. J'aimerais lui dire : « *À quoi ça sert tout ça ?* » Mais je lui dis qu'il arrive trop tôt, que je n'ai pas encore trouvé la graine. Pour preuve, j'ouvre la bouche, tire la langue, étire les bras. Je me lève en soulevant mon tee-shirt et je lui hurle de rage : « *Tu vois, je l'ai pas !!* » Et cette fois-ci, ce sont mes postillons qui éclaboussent son visage. Il n'a pas bougé, comme un guépard avant l'attaque. Moi, debout, je le toise et lui, assis, me dévisage.

Un bruit dans les fougères géantes le fait sursauter, il se retourne, j'en profite pour sortir mon colt et je le pointe sur son crâne. Instants immobiles, suspendus. Il me regarde, montre ma cicatrice en souriant et sa main, en retombant, effleure le sabre… J'appuie sur la détente. Sa tête explose. Des morceaux de chair et de sang recouvrent le vert des feuilles. Un bruit sec qui a réveillé la forêt : des oiseaux s'envolent, des cris d'animaux résonnent. L'Amazonie renaît…

Moi, debout, vivante, et lui, allongé, mort. Je m'accroupis à ses côtés et je caresse son visage. Son crâne est comme un puzzle inachevé. Je souris d'effroi, j'ai froid, je tremble… Je récupère le sabre et je commence à palper son corps, comme il me l'a fait il y a cinq ans. Je lui enlève ses rangers et découvre une boule dans sa chaussette droite, juste sous la voûte plantaire. Un petit sac plastique rempli de coton… J'ouvre et je vois la petite graine noire. Elle ressemble à un point final.

Il l'avait trouvée avant moi. Pourquoi me suivait-il ? Voulait-il me la donner ? Voulait-il me tuer ? Quel sens avait tout cela ? Je regarde la graine, elle est si petite. Une graine de 30 millions de dollars… Voilà le prix de la vie ?

Aujourd'hui, je suis assise dans un pub du centre-ville de Manchester, j'entends des conversations, des histoires. Seule à ma table, un verre de bière à la main, je les observe, les boiteux, les cicatrisés, les perdus, les habitués, les grandes gueules, et je me laisse bercer par leurs aventures marines ou terrestres, leurs peurs, leurs batailles, leur solitude.

Je ne sais pas depuis quand je bois ni combien de verres j'ai bus. Je souris et lève ma pinte en m'écriant : « *À votre santé, camarades d'infortunes ! Vous qui repartirez dès demain pour d'autres aventures, d'autres missions, d'autres galères, d'autres guerres, et vers la mort.* »

Moi, ma vie s'est arrêtée en pleine forêt équatoriale il y a un an. Mais je sais que, là-bas, une petite graine, la Pfaffia Paniculata, est en train de grandir pour devenir un arbre, grâce à un corps comme terreau de vie.

Une offrande après le pillage.

Simon, viens me chercher…

Moi je n'ai plus la force d'y aller, même plus la force de bouger.

J'y arrive plus, Simon, j'ai mal à l'intérieur…

Note de LILI

« J'ai sur mon corps des empreintes, des cicatrices.

Mon corps seul sait les lire.

Sous cette peau lisse, sous ce regard sage, se dressent deux petits nichons, blottis dans un corsage en dentelle.

J'ai sur les cicatrices de mon corps des corsets et autres tissus qui les enlacent, les enserrent et les cachent aux yeux du monde.

J'ai plusieurs corps à mon arc, tantôt muse, tantôt sage.

J'ai un corps acide et frais comme le vinaigre.

Une peau ferme et craquante comme les cornichons extra-fins de mon voisin.

J'ai sur mon corps ma vie en pointillé, prête à être mangée. »

Note de SIMON

« Ce n'est jamais la fin de quelque chose, c'est toujours le début d'autre chose. »

SIMON - 41 ans

Quand Simon allume sa lampe de poche, ses yeux clignent puis s'ouvrent en grand. Lentement, il passe la main sous son tee-shirt et en sort un livre, il le caresse en disant : « *Le quatrième mur de mon ami, Sorj Chalandon* », et commence tout bas : « *... et puis il a tiré. Deux coups. Un troisième, juste après. Cette fois sans trembler, sans que je ne sente rien venir. Son corps était raide de guerre. Mes larmes n'y ont rien fait. Ni la beauté d'Aurore, ni la fragilité de Louise, ni mon effroi. Il a tiré sur la ville, sur le souffle du vent. Il a tiré sur les lueurs d'espoir, sur la tristesse des hommes. Il a tiré sur moi, sur nous tous. Il a tiré sur l'or du soir qui tombe, le bouquet de houx vert et les bruyères en fleur.* »

Les autres écoutent, pleurent, sourient, se blottissent, heureux d'entendre les mots. Simon souffle les sons, et la beauté surgit, les images apparaissent et l'imaginaire explose. Soudain, un bruit, un craquement, Simon s'arrête, éteint la lampe, cache le livre. Ils restent immobiles de longues secondes comme des statues de cire... Ils entendent des bruits de pas, des sirènes, des aboiements de chiens au loin.

Dehors, c'est le chaos, des feux éclairent la forêt, les cendres recouvrent le monde depuis qu'un homme a pris le pouvoir et a hurlé un soir sans lune à toute la population, bien assis sur les hauteurs d'un tank, que les livres étaient blasphèmes, que les livres engendraient la haine et produisaient une société de nantis et de fainéants trop intelligents. Dans sa grande gentillesse de dictateur, il s'est justifié un matin d'automne à la radio nationale : « *Nous avons le devoir de brûler les livres pour faire en sorte que les gens arrêtent de les lire.* »

Le café a refroidi, les croissants ont séché et depuis les livres brûlent, les mots se meurent, les histoires disparaissent, l'imaginaire s'évapore. C'est la nuit tout le temps avec cette odeur étouffante qui s'infiltre, cette suie qui recouvre les êtres et leurs âmes. Tout est brûlé à l'extérieur et à l'intérieur, les livres, les poumons, la vie.

Les bruits s'éloignent, Simon rallume sa lampe et la passe à son voisin. Mattéo la pose au sol, enlève sa chaussure, et sort de sa chaussette un carnet, très mince, un recueil de poèmes de Rimbaud, et avec douceur il se met à chanter les vers : « *Par les soirs bleus d'été, j'irai dans les sentiers, Picoté par les blés, fouler l'herbe menue : Rê-*

veur, j'en sentirai la fraîcheur à mes pieds. Je laisserai le vent baigner ma tête nue. »

Certains se balancent, d'autres s'enlacent. La douceur des mots réchauffe les corps et les cœurs.

Soudain, un feu de détresse, et la grotte s'illumine d'un rouge sang. Des centaines pas résonnent, des cris de hyènes, des visages de haine apparaissent. Un bruit assourdissant. Ils sont dix, apeurés, tremblants, fragiles. Silence… Le noir revient dans la grotte, seule la lampe échouée sur le sol éclaire le mur. Dans son halo jauni, un mot apparaît, un tout petit mot, écrit avec le sang, écrit à la va-vite : LIRE. Le E coule comme le monde qui s'écroule.

Simon est accroupi par terre dans une prison sale de Bangui en Centrafrique. Ses chevilles attachées à une chaîne lui font mal, une croûte s'est formée qui suinte constamment, il baigne dans ses excréments et l'odeur lui soulève le cœur jusqu'à le retourner. Il est un animal peureux et solitaire. Il crie de douleur et de désespoir dans sa cellule chaude et humide, il gratte le sol avec ses ongles, ultime instinct de survie. Il est sale, il est maigre, il est seul, abandonné et humilié, il est déconnecté, parti, oublié. Mais son cerveau bouillonne, il devient fou… Il s'en va dans sa tête, son âme s'éloigne… Il devient un grand animal sauvage, libre et majestueux, un animal qui s'allonge sous un baobab géant et regarde l'horizon, tel le seigneur qui surplombe ses terres. Il s'envole comme l'aigle impérial au-dessus des plaines…

Mais l'odeur du vomi, cette odeur aigre du ventre vide le ramène à la réalité. Son odeur le surprend, le dégoûte… Simon est un chien qui se pisse et se vomit dessus. Les côtes saillantes, les jambes noires de crasse, des blessures purulentes aux pieds, Simon pleure comme un enfant… comme la douceur d'une berceuse.

Il n'attend plus rien, il n'attend plus personne, il attend juste de mourir rapidement comme un soulagement. Et soudain un cri, au-delà de lui-même, comme une respiration ultime, un cri de rage, de survie, de combat. Une plainte et une force…

Il se souvient de Londres, ce soir de décembre 1984, du froid quand il est sorti de l'aéroport avec ses parents. Il se souvient de la main de sa mère lui fermant son anorak. Il se souvient avoir soufflé dans la nuit anglaise et avoir vu de la vapeur blanche sortir de sa bouche. Il se souvient avoir souri et espéré…

Alors il se lève lentement, il tient à peine debout, il ouvre la bouche et souffle, mais aucune buée n'en sort, juste un peu de bave jaunie… Simon s'effondre et son corps mou rebondit dans la poussière.

Ça y est, il s'en va, son âme s'élève, il se sent léger. Il voit ses parents main dans la main à Buenos Aires les soirs de bal, il sent *York*, l'eau de Cologne de son père, il se souvient de la beauté du cou de Lili, de ses yeux bleu pâle quand elle s'est retournée dans l'avion Paris-Londres, il entend son vieil ami mongol lui parler du vent et des montagnes, il pleure le parfum subtil des immortelles…

Simon, Mattéo et les autres sont eux aussi enfermés depuis plus d'une semaine, un mois, deux jours… Peu importe, le temps n'existe plus quand on est un mort vivant.

Soudain, la porte se fracasse contre le mur, Simon ne sursaute même pas, il n'en a plus la force. Mouvements brusques, paroles sales, bouche scotchée, corps ligoté, malmené, transporté.

Ils sont tous traînés dans une fourgonnette, comme des sacs de linge sale, c'est pas grave, ils n'ont plus mal. Le véhicule roule à vive allure, la poussière se soulève dans la nuit, les phares éclairent la misère. Ils sont attachés les uns aux autres et à chaque virage ils s'écrasent contre la paroi.

Simon frotte son visage contre un morceau de métal, il saigne, mais le scotch noir se décolle peu à peu… Sa bouche est libre ! Il s'éclaircit la voix et de mémoire, dans le noir, il crie les mots d'Henri Michaux : « *Un jour. Un jour, bientôt peut-être. Un jour, j'arracherai l'ancre qui tient mon navire loin des mers. Avec la sorte de courage qu'il faut pour être rien et rien que rien, je lâcherai ce qui paraissait m'être indissolublement proche. Je le trancherai, je le renverserai, je le romprai, je le ferai dégringoler…* »

Alors comme revenus des ténèbres, les visages s'illuminent à travers les larmes. Simon, avec ses dents, parvient à libérer la bouche de ses amis, alors, les mots refont surface. Une rivière de mots juste pour le plaisir de les prononcer, de les entendre, des mots d'auteur, des mots à eux, comme une transe, comme des échos, des résonances :

« *J'ai aimé, j'ai voyagé* », « *Comment te dire...* », « *Nous voici encore seuls. Tout cela est si lent, si lourd, si triste...* », « *Je cherchais un endroit tranquille où mourir* », « *Alors j'ai essayé de savoir si elle pouvait lire dans mes pensées, j'ai pensé bleu. Elle ne l'a pas su. Elle ne peut pas lire dans mes pensées. Pourtant on dirait qu'elle y habite* », « *Il en faut peu parfois pour se sentir libre. Libérer un cerf-volant. Toucher la main de celle qui...* », « *Ce que je peux faire je le ferai, même si c'est aussi petit qu'une jonquille.* » Par les mots prononcés, les écrivains sont là : Céline, Rousseau, Nollet, Vinau, Dickinson. Ils remplissent la fourgonnette à la faire exploser. Les mots prennent tout l'espace, ils grandissent, ils grondent.

Arrêt brusque, moteur qui ronronne, phares allumés, point mort. Une porte qui claque, la bâche qui se soulève... Cris, mouvements, esquives, contorsions, expulsions.

Alignés dans un terrain vague, éclairés par les phares, Simon et ses amis savent que pour eux, c'est fini. Mais ils savent aussi que leurs âmes seront bientôt libres et qu'elles pourront enfin se souvenir de tous ces textes jusqu'à l'éternité. Ils sont de toute façon morts depuis longtemps, depuis que le livre est devenu crime suprême, depuis que des hommes analphabètes, des bêtes sauvages dirigent le monde. Ils ont brûlé les bibliothèques, les librairies. Ils ont tué les écrivains, les libraires, un à un, ils les ont poursuivis puis abattus comme des chiens. Ils ont détruit l'imaginaire. Simon fixe ces soldats qui aboient des ordres. « *On aurait pu dire bien des choses en somme* », pense Simon le sourire aux lèvres.

Les armes se préparent, il fait frais en cette nuit de fin mars, et pourtant un papillon se pose sur le pied de Simon… Un soldat s'approche… frisson…

Ils sont dix hommes et femmes alignés, nus, mais leurs corps éclairés sont recouverts de mots, de phrases, de textes, partout des tatouages…

Énervements, aboiements et l'ordre fuse : « *Effacez-moi tout ça !* »

Un soldat commence à frotter le torse de Simon… rien… Il crache et frotte énergiquement… rien… Un autre soldat fait de même sur la cuisse de Mattéo… rien… rien ne s'efface.

Le papillon s'est envolé depuis longtemps, mais les soldats se sont rapprochés des corps. Alors Simon, Mattéo et les autres ont récité dans la nuit : « … *et il fallait de fortes bourrasques d'ouest pour nous apporter parfois, du champ de bataille, une poussière de sang séché qui se déposait en fine couche sur les feuilles des arbres, avant d'être lavée par la pluie d'été rafraîchissante. Le Papillon – Andrus Kivirähk* ».

« *Brûlez-les !* », l'ordre est tombé, lourd, amer, implacable.

Simon lève les yeux, regarde la lumière des étoiles. Il sera réduit en cendre comme les livres brûlés, il sera alors une poussière de mots qui se déposera sur les ailes d'un papillon… Quelque part près de Bangui en Centre Afrique, un grand feu éclaire la nuit et les cendres s'envolent…

SIMON

Je suis mort. Mon corps est poussière, il est devenu un tas de cendres qui s'envolent dans le ciel du monde. Mais mon âme, elle, continue de rêver ! Et personne ne peut l'arrêter !

Rêver enfin… Je n'ai vécu que pour cet instant. Il est marqué dans mon âme, cet instant de la rencontre avec Lili.

Mon rêve…

Je gare ma moto le long de ce grand hôtel, j'ai froid, mes jambes sont un peu engourdies, ça fait des heures que je roule dans la neige et la nuit... J'espère qu'elle sera là, je la vois déjà…

Et alors je me mets à pleurer, à crier puis à hurler… Tout en moi n'est que désordre, chaos, mes souvenirs me rongent. La douleur tant de fois connue resurgit…

J'ai espéré, attendu, couru, combattu, survécu à tant de choses que j'arrive aujourd'hui fatigué, vieilli, à bout de forces…

Pourtant je sais qu'elle est là, je sais qu'elle est là, je sais qu'elle est là…

Mais la revoir maintenant me torture, me soulève les entrailles, parce que je sais que je ne pourrai l'approcher, parce que je sais que toujours elle s'éloigne, que là-bas quelque part, ils veillent, ils surveillent pour que rien ne se fasse, pour que rien ne se touche, pour que rien ne vienne renverser l'ordre du monde.

Nous défions toutes lois, toute logique, et ça les rend fous... Il y a une force qui les dépasse, nous sommes devenus « un cas », « une étude clinique ». Ils ont tout essayé sur moi, sur elle, la distance, la douleur, les doutes, la mort... Mais ce qu'ils ignorent encore c'est que chaque obstacle nous renforce, nous rassemble, nous unit...

Allez-y, balancez ! Envoyez toutes vos conneries, rien n'y fera jamais !! Nous sommes ce soir à la porte du 3e monde, celui de Simon et Lili...

Vous n'y arriverez pas !! C'est écrit depuis des millénaires, vous n'avez pas compris ? C'est nous !

Chaque blessure, chaque cicatrice sur mon corps, c'est son empreinte... Lili dessine sur moi la vie...

Vous n'y pouvez rien, nous sommes déjà si loin, elle et moi.... C'est écrit dans les tréfonds de la terre, sous la lave, c'est gravé sur les arbres millénaires, sur chaque tronc du monde. C'est partout, c'est là dans chaque recoin de campagne, c'est enfoui dans le sable des déserts, c'est noyé dans les profondeurs des océans... partout, ça vit, ça transpire...

Méfiez-vous, ça grandit, ça bouge, c'est inévitable et ça se rapproche...

Je glisse le long du mur froid de ce grand hôtel, assis dans la neige, je suis là, les mains pendantes, le regard perdu... Je suis avachi, petit, fragile.

Et soudain, avec la force de celui qui a tout perdu, avec l'énergie du désespoir, lentement, je prends appui sur les pierres blanchies, et je me lève comme un grand fauve après le combat... Je m'ébroue, me secoue. Pris aussi de secousses, je renifle, me passe la main dans les cheveux, lève la tête et vois la porte majestueuse de cet hôtel : elle est immense, elle est en bois, avec un escalier éclairé par des lanternes, elle ressemble à une valse de Vienne.

Étourdi, porté par la musique, par Tchaïkovski, par l'envie, par la vie, je cours dans la neige, tombe, souris, me relève et cours, cours dans ces escaliers. Je m'arrête, respire, soupire, inspire et ma main gelée se pose sur la poignée… Les flocons tombent, légers et doux. J'ouvre la porte, me retourne une dernière fois et je vois la nuit et je vois ma vie.

J'entre dans le hall illuminé, magistral, théâtral avec ses lustres, ses tapis. Et je la vois…

Je lui avais écrit : « *Retrouvons-nous dans le hall de ce grand hôtel vide.* » Et ce soir, je suis là avec ma valise en cuir un peu abîmée, mon pardessus, un peu perdu, mais tellement là.

Elle m'observe du haut de l'escalier. Je vois ses mains graciles sur la rambarde, elle me sourit dans son pyjama et peignoir en soie bleu ciel. Elle est arrivée depuis longtemps… J'ai encore un peu de neige sur les épaules. Elle m'attendait, mais elle n'était pas sûre, il y a si longtemps que l'on s'était donné rendez-vous, comme une promesse…

Elle a les cheveux légèrement relevés avec une mèche qui s'est échappée. Elle s'avance vers l'escalier, je commence à monter les marches.

Soudain, une voix que je croyais avoir oubliée me paralyse, ma valise tombe sur le sol, un bruit dans le silence. Instinctivement, Lili a serré ses mains sur la rambarde. Nos sourires ont disparu. Je vois, entre ses doigts, briller la clé de la chambre, je commence alors à sentir son parfum… Elle porte *Shalimar* de Guerlain depuis toujours… Mais cette voix m'oblige à m'arrêter.

Plus que soixante-quinze marches pour nous retrouver, nous toucher, mais je dois me retourner et Lili le sait. Elle me sourit pour me donner l'autorisation. Chaque seconde qui passe est une torture.

La voix, à nouveau, vient briser ce silence.

Alors, Lili recule dans la pénombre, une goutte de sang, elle a trop serré la clé : « *Il faut que tu y ailles, je le sais depuis si longtemps* », murmure-t-elle pour elle-même.

Je devine le sang sur le parquet en bois verni. Je me retourne et m'enfonce dans les souvenirs comme on pénètre en enfer.

Je suis mort et ne peux plus rien y faire…

Lili, tu te souviens du 12 décembre 1984 ? Moi, j'arrivais de Buenos Aires, de Paris, j'avais 14 ans. J'atterrissais à Londres.

Dans l'avion je t'avais aperçue, une mèche de cheveux s'était échappée de ton chignon.

Je t'avais écrit un mot sur le bout d'une serviette en papier. Puis je l'avais rangé dans ma poche sans te quitter des yeux.

Alors, quand plus tard dans le hall de l'aéroport d'Heathrow tu m'as doucement demandé si j'allais bien, je n'ai pas pu résister, c'était évident… Tes yeux bleu pâle, ton parfum, ta voix cristalline. « *Are you Ok ?* », « *Bye Simon !* » Ton sourire…

… ce mot je l'ai glissé dans la poche de ton manteau rouge quand tu t'es retournée :

« *Retrouvons-nous dans le hall de ce grand hôtel vide.* »

Note de SIMON

« Il y a un espace vide entre nous.

Il y a la nuit qui arrive.

Il y a nos gestes et le silence.

Il y a le bruit de mes pas qui résonnent.

Il y a ta peau dans la lumière.

Il y a toi mon amour. »

Note de SIMON

« Elle avait ce petit défaut,

Qui devenait fantaisie quand il faisait chaud.

Elle avait cette élégance dans le regard,

Qui devenait voyage quand il était tard.

Elle riait au renouveau de chaque printemps,

Qui devenait été brûlant sur sa bouche diamant. »

LUC - 41 ans

Je tourne la page et c'est la dernière. Voilà c'est fini, Simon n'est plus que poussière. Fini les steppes, le désert. Fini tout ça, fini la beauté, l'amour, la quête.

Je regarde la nuit. Moi j'ai quoi, j'ai vécu quoi comme aventure ?

Dimanche, c'est mon anniversaire, je vais avoir 41 ans. J'irai, comme tous les ans, le fêter à l'île d'Oléron chez mes parents. C'est vieux, c'est grand 41 ans, alors pourquoi j'ai le sentiment d'être si petit, si fragile…

Dimanche, j'aurai mon gâteau d'anniversaire : un fraisier de chez Blachard, avec un rectangle en pâte d'amande où il y aura écrit « *Bon anniversaire, Luc* ». Le même depuis des années…

Je garde *By Simon* serré contre mon pull qui se soulève au gré de mes respirations, il vit encore… Il résiste, Simon ! Cette folie douce, cette douce folie, cette énergie folle, cette folle énergie, d'où viennent-elles mon ami ? Montre-moi, apprends-moi cette liberté. Laisse-moi ta liberté d'expression. Mon ami, emporte-moi dans ta vision du monde, celle qui te fait vibrer, voyager, celle qui te fait croire aux possibles. Attends-moi, appelle-moi, retiens-moi par la main, je veux y aller, là-bas avec toi. Je veux vibrer moi aussi. Putain, oui, je veux ! Je veux vivre les yeux grands ouverts tout le temps, je veux profiter constamment. Fais-moi partager ta folie douce, mon ami… s'il te plaît… fais-moi entrevoir les possibles assez rapidement, car le temps urge mon ami.

J'en ai marre de ma vie, de Paris, de mon boulot. Mais vraiment marre d'essuyer les verres, passer la serpillière, laver les tables en Formica de la brasserie… Tout ça, j'en ai ras le bol. Je suis là, à fumer une clope sur le trottoir en bas de mon immeuble. Il est 2 heures du matin et la nuit est installée depuis longtemps. J'aime la nuit, le calme. Je fume dans la fraîcheur d'un matin d'été à venir et avec lui les mêmes rituels, les mêmes mots, les mêmes têtes. Eh oui, lundi tout recommencera, descendre les fûts de bière à la cave, déposer les consignes dans l'arrière-cour. Avant je voyais grand, j'avais le temps, j'avais pas 41 ans. Avant, j'osais encore rêver qu'un jour j'aurais mon troquet à moi, les clients m'appelleraient par mon prénom, je serais connu dans tout le quartier. Les gens diraient :

– Tu connais Luc, le patron du bistrot La Galère ?

– Luc ? Bien sûr, c'est un gars comme ça !

J'écrase ma clope sur le bitume et tape le digicode de la porte d'entrée. Je suis naze, vraiment fatigué. Debout depuis 6 heures ce matin, j'ai pas arrêté. Allez, demain c'est dimanche et je serai grand !!!

Il est 10 heures, je suis assis dans le métro qui m'emmène vers la gare Montparnasse, direction l'île d'Oléron, chez mes parents. Il fait une chaleur moite et tout coule, dégouline : les gens, les odeurs, les bruits.

Je sors *By Simon* pour m'éventer. Eh oui, je n'ai pas pu m'en séparer ! Un arrêt à Bastille, j'ouvre la bouche pour récupérer un peu d'air, mais rien. Je me lève légèrement pour sentir un courant frais. Et là, mon souffle s'arrête net. Au fond du wagon, je la vois, immobile, le nez dans un bouquin. Lili est là, dans le même wagon que moi. Lili !! La Lili de Simon… Je me rassois, je suis pris de vertiges, je vais tomber, je me sens mal.

– Ça va monsieur ?

Non ça ne va pas du tout, je vacille, je tombe, je m'évade, m'extrais…

– Monsieur, ça va ?

On me secoue, j'ouvre les yeux et au-dessus de moi des visages inquiets, souriants, bienveillants. Des voix qui s'entremêlent :

– Le pauvre, c'est la fatigue et surtout la chaleur, je crois.

– Oui, il fait très chaud.

– C'est pas normal qu'ils ne mettent pas la clim dans le métro.

– C'est pour faire des économies.

– Oui, mais ça ne les empêche pas d'augmenter les tickets tous les ans.

– On est pris pour des cons.

– Oui, pour des gros cons même.

Le wagon s'anime, tout le monde dit la sienne, des rencontres se font. Moi je me relève et regarde au fond du wagon, elle ne dit rien, elle lit… Je n'arrive pas à voir le titre du livre… Ce que je vois, c'est son chignon et surtout les mèches qui s'en échappent…

Les portes s'ouvrent, mouvement de foule, un va-et-vient, une vague, il y a ceux qui veulent sortir et ceux qui veulent entrer. Bousculade, corps qui se frôlent, odeurs qui se mélangent. Je suis ballotté de droite à gauche, mais mon regard ne la quitte pas. Elle lève le nez de son bouquin… Lili ! Elle est exactement comme Simon l'a décrite… Et je comprends tout à coup sa folie, son envie de la retrouver.

J'aimerais être à l'intérieur de l'écriture de Simon pour ressentir les mots d'amour qu'il a écrits, j'aimerais être le mot « liberté », j'aimerais être des mots doux pour me blottir dans son cou. J'aimerais me glisser dans le creux de ses lettres quand il lui dit « Je t'aime ». J'aimerais être cette écriture libre, éclatée. J'aimerais juste être deux voyelles et une consonne pour me rassasier…

Elle claque son livre, le tient contre sa poitrine et d'un geste ample se retourne et sort de la rame. Je la regarde marcher à travers les gens, s'évaporer dans le temps…

Pourquoi les parents de Simon ont-ils fui la Hongrie, puis l'Argentine, puis la France ? Pourquoi Simon a-t-il traversé tant de pays, tant de galères ?

Pourquoi y a-t-il tant de vides, d'ellipses dans la vie de Simon ?

Pourquoi on ne connaît pas tout de lui ?

Pourquoi on ne connaît rien d'elle ?

Parce que la vie est comme ça, parce que l'on meurt avec son histoire et ses mystères, parce que rien n'est jamais simple, parce que l'on a jamais assez de temps… Pourtant, à 20 ans on croit en avoir, on en a même trop, tout prend du temps, tout est trop lent, on voudrait vivre à fond tout le temps. Et puis arrive un âge où tout passe trop vite, où on n'a plus assez de temps, on court après le temps. Et puis un jour, tout s'arrête et c'est toujours trop tôt…

Le métro repart, il emporte Lili et Simon à tout jamais.

Accepter de ne pas tout comprendre.

Je regarde ce livre que j'ai trop serré, je le caresse comme pour lui dire au revoir. En fermant *By Simon* je dis au revoir à mes espoirs, à mon courage.

Assis dans ce wagon qui avance doucement vers mes racines, mes parents et l'île d'Oléron, je sais que je ne partirai jamais, je ne foulerai pas les plaines du désert, je ne verrai pas le ciel étoilé ni Baatuli, je ne dormirai jamais sous une yourte mongole, je ne mourrai pas pour des mots, je ne ferai jamais le tour du monde pour Elle.

Moi, je prends mon métro pour aller bosser au bistrot, je vais voir mes parents de temps en temps à l'île d'Oléron, je passe faire la bise à ma sœur quand je peux.

Voilà ma vie, je compte les années avant ma retraite, je mange avec mes potes dans une brasserie quand j'ai mon samedi. J'ai pas construit de famille. Mais je sais qu'il faut que j'y pense.

Il faut, car après ce sera trop tard.

Finalement, on ne fait pas ce qu'on veut, ni comme on peut, on fait comme les autres.

Note de LUC

« Ça aboie, bave sans cesse, sans écouter, sans respiration.

Ça asphyxie, contracte, mord.

Je n'ai plus beaucoup de temps.

À genoux, les mains sur ma peau,

Demander pardon à mon corps d'abord, puis à mon âme,

Pour tous les démons infligés.

Pardon.

Par dons de soi pour exister. »

Remerciements

« Merci à Katia, mon amie, ma re-lectrice fidèle et bienveillante, pour sa patience et son efficacité même à 2 heures du matin !

Merci à toute l'équipe des Editions Red'Active, à Mailis Paire d'avoir aimé profondément Simon, Luc et Lili.

Un clin d'œil à Luc et Cannelle.

Merci à tous ceux qui, par leurs mots, leur sourire, leur présence, m'ont soutenue dans cette aventure. »

Céline Tillier

Livres imprimés sur des papiers labellisés
- *Certification garantissant une gestion durable de la forêt* -
Fabriqué en France

Achevé d'imprimer sur les presses du
Centre Littéraire d'Impression Provençal
Le Rove - France
www.imprimerieclip.fr

Février 2021
Dépôt légal mars 2021